あなたの代わりはできません。

ズボラ女と潔癖男の編集ノート

深海 亮

富士見L文庫

目次

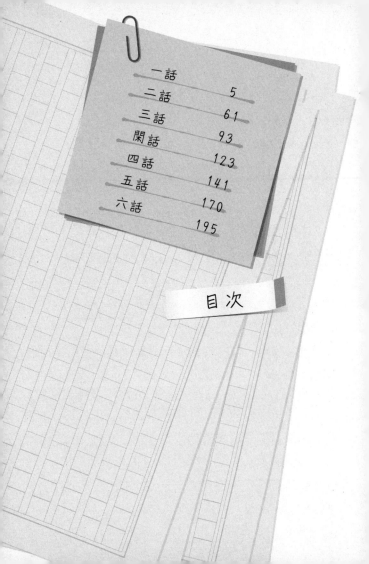

一話

昔、誰かが言っていた。女性はクリスマスケーキなのだと。当時、小学生だった自分には意味が分からなかったが、二十七歳の今ではその意味が分かる。要するにクリスマス理論だ。もちろん、昔と今では状況は違う。今では年越しそば理論という言葉も出てきている。とにかくアラサー女性は、節目を迎える年代なのだろう。

晩婚化の世だから気にしなくてもいいと思っていたが、周りの友人たちが人生のステージを進んでいく姿を見ていると、まだ結婚できていない自分が取り残された気持ちになる。仕事だってこれといった成果もあげられず、世間でいうキャリアウーマンには程遠い。つまり、私生活でも仕事でも中途半端である。

立花《たちばな》玲子《れいこ》——職業、女性向けライト文芸編集者。

玲子は仕事終わりに、彼氏の貝藤《かいとう》慎《しん》太郎《たろう》と二人でもつ鍋を食べていた。

デート前には美容院に行って、セミロングの髪を染め直し、奮発して一番高いトリートメントもして艶々にしてもらった。下ろしたてのニットワンピを着て、耳にはダイアのピアス。ベレー帽まで被《かぶ》って完璧に仕上げてきたのに……もつ鍋。

（いや、もういいけどね）

初めはあまり乗り気でなかったが、これが中々美味《おい》しい。冷えた体に温かいスープが染みるし、焼酎がついつい進んでしまう。

慎太郎と婚活パーティーで出会って二か月。私生活に仕事に色々と悩みはあるが、こうしてクリスマスを楽しめているだけでいいか。慎太郎も美味しそうにスープを啜《すす》っているし。

（それにしても、彼氏が今日も尊い）

くりっとした大きな目に、陶器のような肌。子犬のように愛くるしい見た目。男性アイドルグループにいても遜色ないだろう。幼いころから恋愛小説・恋愛漫画を読破してきた玲子は、イケメン男性が大好物である。彼はまさにどストライク。そして、性格も完璧だ。性格は優しく、連絡はマメで、一緒にいると話が合って楽しい。玲子の忙しい仕事にも理解を示してくれている。百六十八センチと背の高い自分を可愛《かわい》いと言ってくれる。

初めての年下彼氏。すごく、いい。可愛くて仕方がない。

玲子の周りは結婚、出産ラッシュ。比べて自分は一体何をしているのだろうかと、一念発起して婚活をはじめたのは間違いじゃなかった。活動し始めてすぐに、彼と出会えた。

「美味しいね、このお店」

慎太郎が嬉《うれ》しそうに呟《つぶや》くので、玲子も頷《うなず》いた。

「うん、そうだね」

「あのさ、玲ちゃん」

「ん？」

「あの、さ」

と、そこで慎太郎が箸を置いた。彼は緊張した面持ちで、大きな目を玲子に向けてくる。

「俺、玲ちゃんと一緒にいると楽しいよ」

「うん、わたしもだよ」

「その……。将来も、一緒にいたいんだ。今度、俺の両親に会ってほしい」

玲子の手からポロッと箸が滑り落ちそうになって、慌ててキャッチする。

今、慎太郎は何て言った？　玲子の頭は真っ白だ。

「え、そ、それって、え？」

「い、嫌かな……？　早すぎる、よね」

不安そうに玲子の返答を待つ慎太郎。

（え、これってもしかして、あれ？）

玲子の真っ白な頭の中で、教会の鐘の音が高らかに鳴り響いた。

玲子は前のめりになった。そして、慎太郎の手を握る。

「全然、嫌じゃない！　わたしも、慎太郎と一緒にいたい！」

玲子の言葉に、安堵《あんど》したように微笑《ほほえ》む慎太郎。

ああもう、どんだけ可愛いんだ！

自分の彼氏が可愛すぎる件、で一冊本が出来上がりそうだ。

玲子は今、人生の絶頂期にいた。


「出会って二か月でプロポーズとか、スピード婚じゃん。彼氏は立花のズボラ度合いは知ってんの？」

京都にある旅館の一室。ここでは、富田《とみた》文庫編集部による新年会が行われていた。

年末は皆多忙で忘年会が開催できなかったため、編集長の計らいで、慰安旅行も兼ねたちょっと贅沢《ぜいたく》な新年会が企画されたのである。

玲子は満悦の表情で、同僚の北川友美《きたがわともみ》の問いに頷いた。北川は、黒髪のショートヘアが似合う美女で、玲子よりも七つ年上。性格は竹を割ったようなさっぱりとした肌合いで、編集部では姉御的存在だ。

「もちろん知ってます。休日、一緒に片付け手伝ってくれたり、めっちゃ優しいんですよ」

「そりゃ良かったね」

「はい」

玲子は自他共に認める片付けができない女である。整理整頓ができず、家の中が物で溢《あふ》れかえっている。前の彼氏はその習慣が許せず、また編集者の不規則な生活ですれ違いが続いたため、玲子はあっさりと振られた。

比べて慎太郎は聖職者のように心が広い。今後一緒に住みだしたら、玲子の代わりに料理以外の家事をしてくれるそうだ。あと、二人で話し合って結婚に向けての貯金も始めた。新居の敷金《しききん》・礼金、それに結婚式代も必要になってくる。

「へぇ。山崎《やまさき》君とは正反対の彼氏じゃん」

懐石料理を食べたというのに、食後の口直しといってカップラーメンを啜るのは、肉付きの良い《い》重岡《しげおか》太郎《たろう》だ。ヘビースモーカーで、ニコチンが切れそうになると穏やかな表情が一変する男である。

「こいつのデスク回りを見たら、普通ならイラついて仕方がないですけどね。そんな変わった男がいるとは驚きです。詐欺師だったりして」

玲子はにやけ顔を一瞬で消し去り、厭《いや》みったらしい声の主を睨《にら》んだ。

この男は山崎一馬《かずま》。オールバックに黒縁眼鏡がトレードマーク。玲子の天敵だ。

約半年前、少年向けライトノベルを扱う部署から異動してきた男で、年は玲子の二つ上。初対面でのとある事件をきっかけに、玲子と山崎は仲が悪い。

「はぁ？　んなわけないじゃないですか。こんな女でも、拾ってくれる男の人がいるんですよ」

　玲子は大きく胸を張った。

「良かったな。土壇場で逃げられないようにな」

「なんですかその言い方！　いいですよ、山崎さんは結婚式には呼びませんから」

「呼ばれても行かないから安心しろ」

「可愛くない、ほんっとうに可愛くない！」

「あー、早速始まった。先輩たち、新年早々仲いいですね」

「『良くない』」

「超仲いいじゃないですか」

　リップクリームを塗りながら呟くのは、編集部最年少の高森唯《たかもりゆい》だ。彼女は美容好きで、最新のコスメ事情にとても詳しい。入浴後だというのに化粧崩れはなく、ストレートボブがよく似合っている。顔がとても小さいので、まるでモデルのようだ。

　揃《そろ》ってしまった台詞《せりふ》に、玲子と山崎はそっぽを向いた。

「まあまあ、いいじゃねえの。それより明日、どうしても行きたい喫茶店があるんだよ。老舗で、コーヒーとケーキがめっちゃ美味《うま》いらしい。誰か案内頼むわ」

　編集長である荒木辰雄《あらきたつお》の言葉に、皆、動きを止めた。明日は自由行動の予定で、各自、行きたいところに目星をつけている。

北川は新選組《しんせんぐみ》の聖地巡り、重岡はラーメンとサウナ巡り、高森はショップ巡りをすると発言していた。仲の悪い山崎は目的不明。玲子は、酒蔵を訪れる予定だ。

「なんだよ。俺の方向音痴を知ってんだろ。どうしても行きたいから連れていけ」

荒木はダンディな見た目でしっかりしているイメージがあるが、どうしようもない程、方向音痴なのだ。出張先でも、職場のある東京でもよく迷っている。

「編集長。今の時代には、地図アプリがありますから」

「北川、地図が読めないならアプリだろうが意味ないだろ」

「なら、タクシーで行ってはどうですか」

「重岡、細い路地だからタクシーは入れない」

「じゃあ、タクシーで乗りつけられるお店に変更しましょう」

「高森、目的を変更するなど言語道断。行くと決めたら行くんだよ。なんだよ、皆付き合ってくれないのか？　誰か行ってくれないと俺、泣くぞ。めっちゃ泣くぞ」

いい年したおっさんが何を言っているんだ。だがこの編集長、一度拗《す》ねるとややこしいことは、皆、経験上良く理解している。

なので仕方がなく、平等にあみだくじで決めることにした。お供となる人数は二人。公正なるあみだくじを引いた結果――。

「いやぁああ！　わたしの酒蔵がぁあああ」

玲子は悲鳴をあげ、畳の上に膝から崩れ落ちた。

「なんでよりによって立花と」

山崎はビールを片手に、不満たっぷりに毒づく。

「それはこっちの台詞ですよ！」

玲子はキッと目尻を吊《つ》り上げ山崎を睨みつけたが、彼はいつも通り表情一つ変えない。

（涼しい顔でいっつもいっつも！）

これで仕事ができないなら、けちょんけちょんに言ってやれるのに、山崎はきっちり仕事をこなす。それもスマートに。焦ったところなんて見たことがない。前の部署ではヒット作を連続して世に送り出している。年はさほど変わらないのに、大したヒット作を送り出せていない玲子からしたら羨ましい限りだ。最近なんて、重版すら中々かからない。

「まあまあ。美味いコーヒーとケーキ奢《おご》ってやるから。立花、日本酒も土産で買ってやるぞ。どうだ？」

目の前に人参《にんじん》ならぬ酒をぶら下げられた玲子は、いとも簡単に目を輝かせた。

「え、本当ですか!? なら、山崎さんとでも少しは我慢します」

「おまえ、本当にふざけんなよ」

ということで、玲子と山崎は翌日の編集長のお供役に決定したのであった。

「山崎は京都に詳しいから助かるな」

翌日の朝、旅館を出発した玲子たち一行は西陣《にしじん》にいた。京都の冬は寒い。朝から底冷えのきつい曇り日で、足先が冷気で痺《しび》れる程だ。昼からは雪の予報が出ていたはずだ。

「地元が京都ってだけですよ」

「京都出身だったんですか」

「まあな」

玲子は横を歩く山崎の横顔を眺めた。山崎のプライベートを、玲子はあまり知らない。というより、互いに無駄な話をしないから分からない。冷戦状態だから。

山崎は少年向けライトノベルを扱う部署から、約半年前に、玲子たちの部署に異動してきた。玲子の教育係だった女性が出産を機に仕事を辞めてしまったので、その穴埋めでやってきたのだ。そして異動してきた初日に、ことは起こった。

何度も言うが、玲子は自他共に認める片付けられない人間である。もちろん職場の机も散らかしている。いや、言い方が悪い。森のように茂っている状態だ。

社内の机には、富田文庫イメージキャラクターである熊のフィギュアやぬいぐるみ、推しメン（某アイドルグループ）の写真が並び、書類や書籍がドミノタワーのように山積みにされている。

正直、いつ崩れてもおかしくなかった。でも、だからといってあのタイミングはやめてほしかった。

あの日、段ボール箱を抱えた山崎が異動してきて、皆、順番に立ちあがって挨拶をしていた。

その日の玲子は鼻炎がひどかった。朝から鼻が詰まり、くしゃみが止まらない。挨拶の順番が回ってきて、玲子が「よろしくお願いします」と口を開いた瞬間だった。――盛大なくしゃみが出たのは。

玲子は前のめりになってしまい、手が書類の山にぶつかった。すると書類は目の前――つまり、向かいにある山崎のデスクに雪崩れ込む。コーヒーが入った紙コップはいとも簡単に倒れ、山崎のデスクとシャツを汚してしまったのだ。

あの時の山崎の顔は、今でも思い出すだに恐ろしい。

冷ややかな目は、氷というよりドライアイス。殺伐とした冷気が吹き荒れた。

慌てて謝ろうとしたのだが、その瞬間、またしても盛大なくしゃみが飛び出してしまった。

……悲しいかな。中腰でくしゃみをしたものだから、腰に痛みが走り、机に突っ伏してしまった。となれば、崩れず踏《ふ》み止《とど》まっていた他の物までもが、第二の雪崩となって山崎のデスクに流れ込んだ。それだけではない。蓋を完全に閉めていなかった朱肉が宙を舞い、彼の額に直撃してしまったのだ。

オールバックの彼の額には綺麗《きれい》な日の丸が押され、しばしの沈黙の後、編集長である荒木は大爆笑。他のメンバーたちは凍り付いた。

正直、あの時のことは思い出したくない。誠心誠意謝ったのだが、彼には無視された。毛虫を見るかのような視線を今でも覚えている。

後から知ったが彼は綺麗好きだ。というか潔癖症の疑いがある。

彼のデスクを見れば分かるのだが、整理整頓、きっちり、すっきりといった言葉が連想される程に綺麗である。無駄なものが一切ない。

そんな山崎は、玲子のデスクとの間にベルリンの壁ならぬ山崎の壁——白いアクリル板を設置した（山崎が有無を言わさず、雪崩防止のため設置した）。

以来、互いに仕事は仕事と割り切ってやっているが仲は最悪だ。ことあるごとに衝突している。

「ここですね、喫茶店。……うわ、並んでる」

「おお、ここか！　いいねえ、ロマンチックな感じが。作品の中に出てきてそうじゃねえか」

細道をくねくねと歩いた先にある、小さな喫茶店。老舗の喫茶店というだけあって、味わいのある門構えである。荒木はスマートフォンを取り出し、嬉《うれ》しそうに写真を何枚も撮っていく。どれだけミーハーなんだ。

「俺が並んでおくから、二人はこの辺りを散策してきていいぞ。電話鳴らすから」

こいつとか。という目を玲子と山崎は互いに向ける。一方荒木は、前に並んでいる人に楽し気に話しかけている。相変わらず、コミュニケーション能力が高い男である。

「じゃあ順番が来たら連絡ください」

「おう」

山崎は嘆息して、来た道を引き返していってしまう。玲子は仕方がなく、山崎の後ろを歩く。

「どこに行くんですか」

「寺」

「寺ってどこのですか」

「そこらにある寺」

本当にわたしのこと嫌いだよな、と全く振り返らない山崎に玲子は目を眇《すが》める。

(まぁいいけど。仕事は仕事、それだけの関係だし)

山崎は京都出身というだけあってか、地図アプリを見ずに、迷うことなく細道を進んでいく。

「称念寺《しょうねんじ》?」

街中に突然現れた寺の前で、山崎は足を止めた。彼は一礼して、境内へ入っていく。

「ここ、なんのお寺なんですか」

「猫寺」

「猫のお寺？」

「ペットの供養をしてくれる」

「山崎さん、何か飼ってたんですか？」

「昔に猫を一匹。そいつが眠ってる」

「へえ。今は猫、飼ってないんですか」

「一匹いる。捨て猫だったのを保護した」

淡々とした会話しか成り立たないが、なんでもいいやと玲子はついていく。猫の前でくらいは柔らかい表情をするのかね、と思いながら。だが捨て猫を拾うくらいだ。根は優しいのかもしれない。

石碑の前で手を合わせる山崎を尻目に、玲子はスマートフォンを取り出す。

〝称念寺　京都〟とネット検索してみると、確かに猫寺という別名がある。なんでも猫の恩返し伝説があるらしい。変わった伝説もあるもんだ。

(猫の恩返し、って確か映画であったなあ。にしても、京都に来たのは久しぶりかも)

実は玲子は関西出身だ。京都ではなく大阪だが。

「おい、何してんだ」

と、そこで山崎が話しかけてきた。

「この寺について調べていました。猫の恩返し伝説が書かれてます」

「作り話な」

「編集者なのに浪漫《ロマン》がないですね。何かのネタになるかもしれませんよ」

「おまえは浪漫とか好きそうだもんな」

「どういう意味ですか」

「いつまでも夢見てる感じ」

「失敬な、ちゃんと現実見てますよ」

馬鹿にされ、玲子は目を細めた。

「山崎さん、本当にわたしのこと嫌いですよね」

「整理整頓できない奴はたいてい嫌いだからな」

「ああそうですか、そりゃすみませんね。ちなみに、わたしは几帳面《きちょうめん》すぎる人はたいてい嫌いです」

「そうか良かったな。気が合わなくて」

二人の間に目に見えない火花が散る。本当に合わない、この男とは。

「でも、おまえみたいに、ざっくりと楽しそうに生きられるのは羨ましいと思うよ。悩みなんて無縁そうで」

「はぁ？　喧嘩《けんか》売ってますか。悩みなんてめっちゃありますよ。山崎さんのように器用な人には分からないでしょうけど。山崎さんは前の部署で、ヒット作何作も送り出した実績があるんですよね。若手のエースだって皆言ってます。それに比べてわたしは、大したヒット作も世に送り出せていません。なんでも器用にこなせたら、人生楽でしょうね」

「は？　人生が楽だと」

「そうじゃないですか。異動して日が浅いのに淡々と仕事できて、山崎さんが先輩から引き継いだ作品はほとんど重版かかってるし。……ムカつくけど、山崎さんの仕事での意見は論理的で的確だし、実績があるのも納得できます。比べてわたしはその場の思いつきばっかり。ヒットした作品は少ないし、最近なんて、重版中々かからないし……。作家さんはみんな優しく接してくれますけど、内心でどう思ってるのかは分かりません。作家の立場からしたら、作品を高めてくれる編集者と一緒に仕事がしたいじゃないですか」

一気に言葉を紡ぐと、玲子は巻いているマフラーに顔を半分埋め、唇を尖《とが》らせた。

山崎は、矯めつ眇めつ玲子を眺めると、深い息を吐きだした。白い吐息が空気に溶ける。

「……おまえみたいに、馬鹿正直な人間が羨ましいな。そうやって、思ったことなんでも口に出せて」

「貶《けな》してますよね、それ」

「俺からしたら、最大の誉《ほ》め言葉だ」

「はぁ？　意味が分かりません」

「だろうな。俺の身にならない限り一生分からないだろうよ」

「同じ台詞《せりふ》をお返ししますよ」

するとその時、玲子のスマートフォンに着信が入った。荒木からだ。ようやく店内へ案内されたらしい。玲子は苛立《いらだ》ちを紛らわすように嘆息すると、山崎を振り返った。

「戻りましょう」

「ああ」

玲子は山崎の後ろをついていく。

何が最大の誉め言葉だ。自分こそ、言いたいこと言ってくれるじゃないか。人のこと何も知らないで。

寺の門を潜った時、どこかで鈴の音が聞こえたような気がした。玲子は誘われるように後ろを振り返る。だがそこには何もない。空からは、粉雪がちらり、ちらりと降ってきた。

「おい、何してんだ。いくぞ」

気のせいか、と玲子は首を傾《かし》げて寺を後にした。


京都での新年会から二週間後。玲子はとあるホテルのロビーにいた。作家である魚住《うおずみ》八重《やえ》と共に。

「馬鹿にしないでよ、そんな部数は認めないから！」

彼女の口から怒号が飛び出るのと同時に、手にしていたゲラがテーブルに叩《たた》きつけられた。その衝撃でクリップが外れ、ゲラが辺りに散乱する。ひらり、ひらりと紙が宙に舞うのを、玲子は呆然《ぼうぜん》と眺めていた。周囲の視線が、一斉に玲子たちに向けられる。

「こんなことなら次から担当替えてよ。有能な人が異動してきたんでしょ。荒木編集長に言っておいて！」

顔を真っ赤にさせた魚住は玲子を睨《にら》んだ後、ヒールの音を響かせながら去っていった。床に散乱したゲラを拾い集めながら、玲子はきゅっと唇を嚙《か》みしめる。涙が出そうになったが、なんとか堪える。

初版部数が納得のいかないものになったのは、玲子のせいだと彼女は言った。だが玲子から言わせてもらえば、編集側の意見を押し切って物語を完成させたのは彼女自身だ。

といっても、内容のすり合わせが上手《うま》くいかなかったのは自分の技量が足りないから。彼女に納得してもらえる改稿方針を提案できなかった。それは認める。正直、心から面白い作品を作れなかったという自覚がある。

「あの、大丈夫ですか？」

ウェイターがやってきて、心配そうに声をかけてくれる。玲子は無理やり笑みを作って「大丈夫です」と答えた。

幸いにも、テーブルに置かれたティーカップは倒れず無事なようだ。

玲子は拾い上げたゲラを膝に抱えて嘆息し、ふと、窓越しにホテルの庭園を眺めた。

庭園では、和装に身を包んだ新郎新婦が結婚式の前撮りを行っている。憂鬱な玲子とは対照的だ。

(幸せそう。結婚したら、仕事はそこまで頑張らなくていいよね)

ふと、仕事を辞めたくなる時がある。好きで今の職を選んだ。なのに今、自分の立っている地盤に亀裂が入るような感覚を覚える。そのまま割れてしまうのか、それとも修繕して立ち続けるのか。いつも仕事で立ち止まる時、そういった感覚を覚える。

(といっても、今はやるしかないんだけど)

担当替え、か。編集長がどのような判断をするのか分からないが……。

彼女の場合、ああいった強気な性格のせいで、担当者が短期で替わっている。玲子が引き継ぐ前の担当は重岡で、ベテランで過去の実績もあるからか、編集側が意見をしても彼女にはお手上げだと言っていた。

本当にその通りで、協力する姿勢がないのなら、いっそのこと自費出版でもすればいいのに、と内心で悪態をつきたくもなる。

(にしても、魚住さんも知ってるなんて山崎さんはすごいんだな。……周りから認められてるってことだよね)

玲子は山崎のように、メディア化された作品を世に送り出したこともない。せいぜい、コミカライズ止まり。今度サイン会が予定されているが、実績といえばそのくらいだ。

　この仕事はもちろん好きだ。作家が作品を生み出す手伝いをして、彼らの作品を一番に読むことのできる読者でもあるから。でも、最近では自信がない。新人のときは良かった。必死に食らいつくことで精一杯で、他に考える余裕がなかったから。けれど経験年数を重ねていけば、自分の実績が気になってくる。

　作家の大半は優しい人たちで、売り上げが伸びなくても、次はもっと一緒に頑張ろうと言ってくれる。でも本当は内心で、先ほどの彼女みたいに思っているのかもしれない。

　こいつでは駄目だって。

　このまま結果を出せずに仕事をし続けるよりも、ある程度踏ん切りをつけて、結婚して子供を産んで、少し仕事から遠ざかるのもいいかもしれない。正直、そういう思いもあって婚活をした。

（ああ、だめだ。後ろ向きに物事を考えると、キリがないから）

　玲子は頭《かぶり》を振って、スマートフォンを取り出した。慎太郎にメッセージを送る。

　彼は最近仕事が忙しいようで、中々既読にならない。

（今日仕事終わったら、電話してみようかな。明日土曜だし……会いたいな。話聞いてもらったら元気出るはず）

　玲子は冷めた紅茶を飲み、しばらくぼんやりとしてから窓の外を見た。いつの間にか前撮りは終わっていて、明るかった空を雲が覆い始めていた。

雨が降るのか。玲子は会計を済ませ、足早にホテルを後にした。

だが、玲子の受難はまだまだ続く。

結局通り雨に降られ、全身ずぶ濡《ぬ》れ。社内に戻ったところで雨が止《や》むという悲しさ。天が意地悪しているんじゃないかと思えてくる。

そして業務メールをチェックしていると、作家の一人が締め切りに間に合わないことが発覚し、印刷所のスケジュール変更の手配に追われる。

ようやく仕事がひと区切りついたのは夜の七時半。もちろん残っている仕事は山積みだが、本日は退社することに決めた。疲労のせいか、集中力が途切れてしまったのだ。

駅に向かう道中で、玲子はスマートフォンを取り出す。慎太郎へのメッセージはまだ既読にならない。玲子は長い溜《た》め息《いき》をついて彼に電話をした。――だが。

「お客様のおかけになった電話番号は、現在使われておりません」

機械のアナウンスが流れてきて、玲子は首を傾げた。番号が間違っていないことを確認して、再度かけてみる。だが、また同じアナウンスが流れた。

(え、なに、どういうこと)

足先から急速に体が冷えていく。その時ふと、山崎の台詞が蘇《よみがえ》った。

『詐欺師だったりして』

いや、そんなはずはない！　と否定しつつも、嫌な予感がして玲子は走り出した。

電車で、慎太郎が兄と同居しているという住所に向かう。教えられていた高円寺《こうえんじ》のマンションに到着し、夜分遅くに失礼だとは思ったが、意を決してインターフォンを鳴らした。

だが、応えた声は女性のものだ。しかも、子供の賑《にぎ》やかな声も聞こえてくる。

「あの、貝藤さんのお部屋では」

「はぁ？　違いますけど。うちは山田《やまだ》です。部屋を間違えていらっしゃいますよ」

と切られてしまった。玲子の体が絶望にすっぽりと覆われる。これはもしかして、慎太郎は本当に詐欺師だったのでは。

そこで新たに気づく。そういえば、彼に結婚準備金として、五十万円手渡したことに。

（ちょっと待って。え、お金はどうなるの）

玲子はマンションのエントランスを後にして、幽霊のようにふらふらと歩き出した。

これは一体どうすればいいの。弁護士を訪ねる？　泣き寝入り？　それとも一晩寝たら、連絡が取れるかもしれない？

そういえば写真が苦手だと言っていたから、一緒に撮った覚えはない。仕事先も、ざっくりとしか聞いていない。顔に気を取られて、色々とし損ねた気がする。

なんで自分は、こんなにも男を見る目がないんだろう。ああもう、情けなくて涙が出てくる。涙で前方がはっきりと見えない。次から次へと溢《あふ》れてくる熱い涙が、コートに落ちていく。すれ違っていく歩行者がぎょっと玲子を二度見するが、もうどうでもいい。

「にゃっ!?」

「え、あ、ごめん……きゃっ!」

猫が地面に居たことに気づかず、玲子は尻尾を踏んでしまった。猫に威嚇され、驚いて飛びのいたのだが。

——パキッ。

後ろに体重をかけたことでかまさかの事態。右足のヒールが折れた。

「嘘《うそ》でしょ……な、なんなのよもぉおおー! 非常事態、これ以上無理だから!」

さんざんな一日に、夜道、玲子は一人泣き叫んだ。猫がびっくりして逃げていく。

わたしが何かしたっていうの。なに、閻魔《えんま》の呪い? 何か罰当たりなことしましたかっつーの!!

次第に歩く気力も無くなって、人気のない場所でしゃがみこんでしまった。涙が止まらなかった。足に力が入らなくて立っていられない。惨めで悲しくて、顔もあげられない。

「おい。おまえ、こんなとこで何してんだ」

ぐずぐず泣いていると、聞き覚えのある声が降ってきた。無様な泣き顔で見上げれば、そこには天敵の山崎が、呆《あき》れた目で玲子を見下ろしていた。

ああもう最悪だ。こんな姿を見られるだなんて。そういえば、この辺りに住んでいたんだっけとか、変に頭は回る。

「とどめ刺しに来たんですか？　放《ほ》っといてください」

「なんだ、とどめって。まあ、噛みつく元気はあるな。じゃあな」

「ひどい！　置いてかないでくださいよ！」

「放っておけと言ったのはおまえだろ」

「状況読んでくださいよっ」

「読んでるだろ。なんだ、例のイケメン彼氏の浮気現場に鉢合わせでもしたか」

「……結婚詐欺に、あったかもしれません」

白状すると、山崎の表情が固まった。そしてすごい勢いで、玲子から遠ざかる。

「え、まじかよ。本当に？」

「引かないでください。詐欺師だってフラグ立てたの、山崎さんです」

「いや、あれは冗談だろ」

玲子は鼻水をすすり、目をこする。鼻は真っ赤、目はアイライナーが滲《にじ》んでパンダ目、ファンデーションは涙で崩れている。

山崎は気まずそうに頸《くび》の後ろを掻《か》くと、「面倒くさいな」と舌打ちして玲子の腕を摑《つか》んだ。

「立て！」

まさかの、スポ根にありきたりな台詞《せりふ》が飛んで来た。

「体育会系ですかっ」

「ああそうだ。おら！」

「こんな時まで厳しくしないでくださいよっ」

「うるさい！」

無理やり玲子を立ち上がらせると、どこに行く気なのか、山崎は玲子の腕を掴んで歩いていく。

「どこにいくんですかこの野郎」

「黙ってついてこい、男見る目なし女」

「ひどい！」

「ひどくて結構」

「鬼、悪魔、人でなし」

「人でなしはおまえの彼氏だろ」

「ぐっ……」

「顔だけで選ぶからこうなるんだ」

「……おっしゃる通りで」

ぐうの音もでない的確な指摘に、玲子は素直に負けを認めた。

「中身をちゃんと見ろよ」

「見てるつもりだったんです」

「つもりだろ。おまえは人を信じすぎだ。少しは疑ってかかれ、いい年したアラサー女が」

「そこまで言わなくてもいいじゃないですかぁあああ!」

さらに涙を流す玲子に、山崎は煩《うるさ》げに片耳を指で押さえた。

「ほら、ついたぞ」

「えっ?」

気がつけば、駅前にあるセレクトショップに連れてこられていた。メンズとウィメンズ、どちらも取り扱っているおしゃれショップだ。

「さっさと入れ」

「こんな姿で? こんな顔で!?」

「今更だろ、それで歩いてきたんだから」

「まあ、そうですね」

「だろ」

妙に納得させられてしまい、閉店間近の店に滑り込む。玲子の泣き腫らした顔を見て、一瞬店員の顔が強張《こわば》るが、さすがはプロ。すぐににこやかな笑みを貼り付ける。

「いらっしゃいませ」

「おまえ、靴は何センチだ」

「……二十四センチです」

「そのサイズのパンプスありますか。なんでもいいので」

「畏《かしこ》まりました」

店員はすぐさま店内にあるパンプスを見繕い、三種類持ってきてくれた。山崎は少し考える仕草をすると、ピンクベージュのパンプスを手に取って、玲子の目の前に屈《かが》む。

「履け」

「え？」

「ぐずぐずすんなグズ子」

「うまく略さないでくれませんか」

「店閉まっちまうだろ、さっさとしろ。足出せ、足」

「エロ親父《おやじ》」

「おまえに興味は、死んでもない」

「わたしもあの世に逝っても興味はありません」

「ならどうでもいいだろ。ほら」

下からさっさとしろと睨《にら》みあげられ、おずおずと玲子は足を出した。山崎はそっと、玲子の両足にパンプスを履かせてくれた。普段の彼からは考えられないほど、丁寧に。

「立ってみろ。どうだ？」

「……ぴったりです」

「じゃあ、それ履いてさっさと帰れ」

「え⁉」

それだけ言うと、彼はレジに歩いて行ってしまう。

ちょっと待って。ここの店、セレクトショップだけあって、それなりに値段が張るはずだ。彼はさっさと会計を済ませて、何気ない顔で戻ってくる。

「あの、お金払います！」

「いいって。金とられた奴から取り立てるわけにはいかないだろ」

「痛いところをさっきからチクチクと」

「これ以上言われたくなかったらさっさと帰れ」

「そういうわけにはいかないんですって！」

「ああもう、しつこいぞ！」

引き下がろうとしない玲子に、目尻を吊《つ》り上がらせた山崎であったが。

ぎゅーぐるぐるぐる。

玲子の腹から聞こえてきた間抜けな音に、山崎は呆れ返った。

「おまえ、こんな時でも腹がすくのか」

そういえば、色々と慌ただしくて昼食も食べていなかったことに気づく。

玲子は恥ずかしそうに手で腹を押さえながら、仕方がない、と山崎を見上げる。

「山崎さん。晩御飯はまだですか」

「ああ」

「じゃあ、飲みに付き合ってください。靴のお礼……にもなりませんが晩御飯くらい奢《おご》ります」

「泣きっ面に蜂のおまえに？　いくら俺でも遠慮するわ」

「借りを作ったままなのが嫌なんです。ほら、行きますよ！　来ないなら、また朱肉をおでこに飛ばしますからね」

「おまえ、本当にいい加減にしろよ」

二人はつまらない言い合いを繰り広げながら、雑居ビルの二階にある店に入った。

おいしい地酒揃《そろ》えてます、という小さな看板が目に入ったのだ。

木の扉を押し開けば、ドア鈴がチリンチリン、と鳴る。店内はカウンター席のみのこぢんまりした空間だ。

「いらっしゃいませ」

泣き腫らした顔の玲子と、面倒くさそうな顔をした山崎を、着物の上から割烹着《かっぽうぎ》を着た美しい女将《おかみ》が出迎えてくれた。目尻がきゅっと上がった大きな瞳に、ぽってりとした色気のある紅《あか》い唇。年は……四十代くらいだろうか。店内には他に誰も客はおらず、ＢＧＭも流れていない。外の喧騒《けんそう》も不思議と聞こえなくて、吐息が聞こえる程に静かだ。

カウンターの上には、きんぴらごぼう、ポテトサラダ、子芋の煮転がし、枝豆、出汁《だし》巻き卵、小松菜のお浸しなどのおばんざいが並んでいる。

「二名様ですね」

「はい」

温かいお絞りを受け取り、玲子は「生二つ」と注文した。冬に寒いかなと思ったが、今は喉越しが爽やかなものが飲みたい。山崎も文句を言ってこないので、これで良《い》いだろう。

生ビールが出され、玲子と山崎はグラスを鳴らすことなく、それぞれ飲み始めた。

「あの、さっきはありがとうございました」

「……おまえに礼を言われると気持ち悪い」

「はぁ⁉」

トントントン、とまな板を叩《たた》く包丁の音を聞きながら、玲子は目を三角にして睨む。

「わたしだって、ちゃんとお礼くらい言いますよ」

「知ってる」

「え？」

「おまえが馬鹿正直だって」

「それ、新年会の時も言ってましたよね。やっぱり貶《けな》してますよね」

「違う。……要するに、素直でいいよなって意味だ」

「まあ、山崎さんより遥《はる》かに素直ですね」

間髪を容《い》れずに言葉を返せば、頭を軽く叩かれた。

「いたっ」

「この店で一番いい日本酒ください。こいつの奢りなので」

いつの間にかビールを飲み切った山崎が、空になったグラスをカウンターの上に置いた。

「さっき遠慮するって言いましたよね」

「おまえに遠慮する必要なしと判断した」

「この眼鏡野郎」

「あ？　なんか言ったか、泣きべそグズ子」

この男、本当に腹が立つな。玲子もグラスに残っていたビールを一気に飲み干した。

「わたしも同じものをお願いします」

すると、女将は面白そうに微笑《ほほえ》んだ。

「お二人は仲がよろしいんですね」

「どこがですか」

「三百六十度どこから見ても仲が悪いですけど」

「ですから、そういうところですよ。——はい。遅くなりましたがどうぞお召し上がりください。つきだしです」

女将は色気のある笑みを浮かべながら、つきだしを出してくれる。大根の甘酢漬けと、紫蘇《しそ》が散らされたホタテの柚子胡椒和《ゆずこしょうあ》えだ。

「お酒はどうしましょうか。特にお好みがなければ、おすすめのものをお出ししますが」

「ならそれで。いいですね、山崎さん」

「ああ」

「畏まりました。冷酒でよろしいですか？　それとも熱燗《あつかん》に致しましょうか」

「わたしは冷酒がいいです」

「俺も冷酒で」

「なら、まず一合ご用意しますね」

すると女将は〝月の環《わ》〟とラベルが貼られた酒瓶を取り出した。そして徳利《とっくり》に注ぎ、お猪口《ちょこ》と共に玲子たちに差し出した。徳利とお猪口は共に深い青色で、銀河に星々が輝いているような神秘的なものだ。玲子は思わず目を奪われる。

「綺麗《きれい》ですね」

「素敵でございましょう。わたくしのお気に入りです」

玲子はお猪口に二人分注ぐと、はい、と山崎に差し出した。

出された日本酒は仄《ほの》かにフルーティーな香りがして、すっきりした飲み口だ。でも、次の一口ではふくよかな旨《うま》みも感じられる。飲み重ねることで味を楽しめる。そして何より、ホタテによく合う。

「美味《おい》しい。これ、絶対飲みすぎる」

「確かに美味《うま》いな」

「そうでございましょう。滅多に出さないんですよ、今回はお二人だけに特別です」

「ありがとうございます！　お酒が進むから、お料理頼んでいいですか。わたしはポテトサラダとぶり大根。山崎さんは？」

「俺は……枝豆と出汁巻き。あと、なすの煮びたし」

「畏まりました」

カウンターに並ぶおばんざいから数品を選び、女将が取り分けてくれる。

（いいお店見つけた）

女将は綺麗だし、料理とお酒は美味しいし。大根の甘酢漬けを味わいながらそんなことを思っていると、山崎の視線を感じて玲子は振り向いた。

「なんですか」

「おまえ、本当に切り替えが早いな」

その一言で、玲子は現実を思い出した。そうだった、わたしは今どん底なんだった。玲子は箸を置き、頭を抱えた。

「……忘れてました」

「嘘《うそ》だろ、おい」

「つい、お酒と食事が美味しくて」

「つい、で忘れるなよ」

「はい、すみません」

「で、本当に詐欺師なのか？」

「ここ数日連絡取れなくて。でも、今まで電話は繋《つな》がってたんです。呼び出し音してたし。それが今日連絡したら〝この電話は現在使われていません〟っていうアナウンスばかり流れて。住んでるはずの家に行ったら、別の人が住んでるし」

「……突っ込んだことを聞くが、金はとられてないんだろうな」

山崎の問いに、玲子の両肩がピクリと動いた。

「まじかよ……。いくらだ」

「結婚準備金で、五十万円渡してしまいました」

山崎の口元が大きく引きつった。

「それ、もう事件だろ。警察に行くべきだな」

「でも……」

「身元が分かるものは何かないのか。名刺とか」

「名刺はもらいましたけど、何処《どこ》に行ったのか分からないし。仕事内容もアバウトなことしか聞いてないし。確かコンサル？　だったかなぁ」

「おまえなぁ……。怪しさ満載だろ、それ。聞いてる俺ですらびっくりするわ」

玲子は空になったお猪口に、手酌で徳利から酒を注ぐと、ぐびっと勢いよく飲む。

「あのですね、わたしが一番びっくりでショックなんですよ。周りは次々結婚していくし、子供二人目産んでたりするんですよ。仕事バリバリしてていいじゃんって言われますけど、仕事してても大した実績ないし、一年目の高森さんのほうが器用でびっくりするし。今日だって、作家さんに部決の結果報《しら》せたら、怒られるし。仕事もたいしてできないのに、恋愛すらこんな有様《ありさま》……。もう、わたしは生きる価値なしの女でございます」

「いや、極論すぎんだろ」

「もうええんです。こんなアホで間抜けな女は金せびり取られてボロ雑巾のように捨てられるのがオチなんですわ。はい、貶すならどうぞご自由に。今がアタックチャンスやねん」

「どんなアタックチャンスやねん」

「あ、関西弁。ちなみにわたしも関西出身ですよ。京都人とは相性の悪い大阪人です。え、そんな話聞いてない？　すんませんね、うるさくて」

「おまえ、一人で会話してるぞ」

「この美味い酒があかんのです」

すると、二人の会話を聞いていた女将が肩を震わせながら、料理を運んできてくれた。

「ふふ。お二方、本当に面白いですね」

「全く面白くありません」

「いえ、十分ですよ。漫才師目指せそうです」

「こいつと漫才なんて勘弁してください」

運ばれてきたぶり大根を受け取ると、大根を箸で切り分けた。力を入れずとも、するりと箸が入っていく。かなり時間をかけて煮込んでいる。そして出汁と生姜《しょうが》の良い香り。玲子はぶりを一口食《は》んだ。

「んー、ぶり美味しい」

「ありがとうございます。お二人は、職場が同じなんですか？」

「はい、不運なことに」

「それは俺の台詞《せりふ》だ」

「やっぱり仲がよろしいじゃないですか」

いつぞやと同じように台詞が被《かぶ》り、二人は顔を逸《そ》らした。

「先輩と後輩、ですか？」

「まあ、そうなりますね。山崎さんは、半年前にわたしの部署に異動してきたんです。優秀な人だって来る前から噂《うわさ》があって。確かに仕事は淡々とこなすし、会議に通す企画内容も面白いし皆さん認めてます。仕事も的確で速いし。だから羨ましいです。でもここだけの話、性格と口は悪いですけどね」

「おまえ、聞こえてんぞ」

「そりゃすみませんね」

「でも、おまえはいいだろ。別にそのままで」

「えぇ？」

「なんだかんだどんくさくても、いっつも楽しそうに仕事してるだろ。相手の作家さんもいつも楽しそうだし。生憎《あいにく》俺は、コミュニケーション取るのが苦手だ。前の部署でもそうだったけど、ぶつかることも多々ある。それを仕事でカバーしてるだけだ。それに、俺は今の部署が苦手だ。メンバーじゃなくて、レーベルが。悪いが女が男に求める恋愛なんてもの、俺には理解できない。ヒーローに夢見すぎだろ。夢見る前に、現実の恋愛しろっての。現実はそう甘くないだろ」

「「よくないです」」

「まぁ、女性向けのレーベルですからね。どうしても恋愛は絡んできますから。そっちのほうが受けが良いから売れるし。でも、非現実的な世界観を味わえたらいいじゃないですか。一時の楽しみを提供できるんですから。それに言わせてもらうなら、前の部署、ラブコメだって扱ってますよね。それと同じじゃないですか」

「ラブコメは多少あったが、メインはファンタジーだった。そもそも、人には向き不向きってあるだろ。俺は恋愛小説が苦手だ。女性の考えを深く理解するには、女性の方が向いてるだろ。正直なところ、前の編集部に戻りたい。こっちだと作家陣は女性ばかりだし、接しづらい。きついこと言ったらすぐ怒るか泣くか、変な気疲れするし」

「んー……。山崎さんって、何か恋愛で嫌なことでもありました？　つまりは山崎さん、女性と、恋愛自体が嫌いってことなんでしょ」

そこで、出汁《だし》巻き卵を切り分けていた山崎の手が一瞬止まった。

「あ、ビンゴですか。もしかして、わたしみたいに――」

「おまえとは遥《はる》かに次元が違う、黙ってろ」

「人がせっかく悩みを聞いてあげようとしてるのに！」

「手負いのボロ女に世話になる程落ちぶれちゃいない」

「可愛《かわい》くない、ほんっとうに可愛くない！」

「それより、おまえは金の回収方法を考えろ。泣き寝入りするつもりか」

「でも……。もう、高い授業料だったのかも。大事になって、世間様から〝ほらご覧になって。あれが騙《だま》されたお馬鹿な立花玲子さんよ〟って後ろ指さされるのはわたしは嫌です。辛《つら》いです。お馬鹿なのは十分わかってます」

「……おまえ、それ被害妄想」

「なので！　今夜はわたしの泣き酒に付き合ってください！　女将《おかみ》さん、ついてないわたしに一合お代わりください！」

「はい、畏《かしこ》まりました」

そして玲子と山崎はなんだかんだと飲み続けた結果——いつの間にか終電がなくなり、べろんべろんに酔った玲子を、山崎が嫌々ながら介抱する羽目になった。

それが、悪夢の始まりだとは知らずに。

カーテンの隙間から差し込む朝日を感じ、玲子は目を覚ました。大きく欠伸《あくび》をしながら、体を起こす。そこで目をぱちくりとさせた。

(あれ、自分の部屋じゃない)

モノトーンで統一された、余計なものが一切置かれていない綺麗な部屋。天井の高さまである本棚には、膨大な数の本が並んでいる。玲子はベッドから下りて、目を擦りながら本棚を眺める。ジャンルごとに細かく分けられ、見やすい並びになっている。歴史、ミステリー、サスペンス、エッセイ、洋書、漫画、風景の写真集等。

それらを上から下まで眺めていると、一冊だけ詩集があることに気づいた。

(あ、寺山修司《てらやましゅうじ》さん)

『秋たちぬ』かぁ。読んだことないなぁと、玲子はうんと大きく背伸びした。ようやく思考が働きだす。

(そういえば、昨日は終電を逃しちゃって、山崎さんが渋々泊めてくれたんだっけ)

ということは、ここは彼の部屋か。すると、部屋の扉が開いた。

「おい、おまえ。いい加減に起きろ」

と言いながら現れた人物に、玲子は硬直した。

どうにも目がおかしい。どうして目の前に、自分の姿があるんだ。

壁にかけられた時計の秒針が、チクタクと静かに時を刻む。

「……なんで、わたしが目の前に？」

「いや、そりゃ俺の台詞だろ」

目の前の自分は、ものすごく驚いた表情をしている。しかも、なぜだか俺と言う。

「あれ……。え？」

何度見ても、目の前には玲子――ぶかぶかのパジャマを着た自分がいる。そして、山崎の目の前には山崎が。意味が分からないと、二人は互いに頭《かぶり》を振った。

（ちょっと待って。状況を整理しよう）

確か昨日、山崎を巻き込んで泣き酒をあおった。美人な女将が元気を出せと、帰り際に、美味《おい》しかったお酒の小瓶をお土産に持たせてくれた。そしてべろんべろんに酔った自分は終電を逃してしまい、山崎が渋々家に泊めてくれたのだ。

玲子は、目を覚ますように自分の頬を思いっきり叩《たた》いた。乾いた音が大きく響く。

「いったぁあああ！」

夢なら痛くないはずなのにかなり痛い。思わず涙目になる。そして、そこで気づいた。

声が——自分の声が、いつもと違うことに。

玲子は涙目のまま、グレーのスウェットを着ている自身の体を見下ろす。

「……うそ」

あるはずの、胸のふくらみがない。胸のあたりまであるはずの髪が、ない。

ペタペタと胸を触るが、やっぱりない。

一方、目の前に呆然《ぼうぜん》と立っている自分も、自身の体を見下ろして愕然《がくぜん》としていた。

二人は怯《おび》えた目を見合わせ、どちらからともなく、立てかけてあった姿見の前によろよろと足を進めた。そして鏡に映った自分たちの姿を見て、玲子はこの世の終わりと言わんばかりの悲鳴をあげた。山崎に至っては顔面蒼白《そうはく》で意識を失いそうである。

「おい……。俺の体のおまえは、立花だよな」

「わたしの体のあなたは、山崎さんですよね」

二人の体は、信じられないことに入れ替わっていた。

「山崎さん、嘘《うそ》ですよね？　これ、夢ですよね⁉」

玲子は大きな体で、目の前にいる自分――中身は山崎に縋《すが》りつく。

「……おい、立花。思いっきり俺の頰を打て。夢が覚めるかもしれん」

「わ、わかりました……って無理！　わたしの顔を打つなんて嫌ですよ！　自虐行為！」

「よし、なら俺がおまえを打ってみる」

「何が〝よし〟⁉　いくら人のこと嫌いだからって、アホなこと言わないでください！痛い思いするの、わたしじゃないですかぁあああ！」

二人は目を見合わせたまま、大人しく自身の頰を抓《つね》ってみた。

「痛いな」

「痛いです」

二人はその場にへなへなと座り込み、頭を抱えた。

「現実か」

「現実です」

「どうする」

「どうしましょう」

「オウム返しはやめろ」

「じゃあ山崎さんこそ元に戻る方法考えてください」

「俺は現実主義なんだ。こんな意味の分からない現象にぶち当たったことがない」

「非現実、ということはファンタジー……。もしやあれですか、某漫画の魂の定着」

「錬金術師必要だぞ。大体、現代の錬金術師なんてただの詐欺師だろ」

「なら、あの、ほら、大ヒットした映画の、前前前――」

「隕石《いんせき》落ちて日本滅ぶぞ」

「じゃあ、じゃあ……」

玲子は何か解決策をと考えるが、分からない。というか、分かるはずもない。自分の処理能力を超えてしまった玲子は、その場にすっと立ちあがった。

「なら、魂を一回出しましょう」

「は?」

玲子はキッチンへと歩いていく。そして、食器乾燥機の中にあった一本の包丁を取り出した。刃がキッチンライトに照らされてキラリと光る。

「この体が瀕死《ひんし》になったら、危機感を覚えた魂がこの体から出るかもしれません」

玲子は自身の手首に、包丁の刃を静かに添えた。一方山崎は顔を真っ青にさせ、慌てて玲子の手から包丁を奪い取る。

「ちょっと待てー！　おまえはいいが死ぬのは俺の体だ！　俺に危機感を与えるな！」

「なら、山崎さんも同時でいいじゃないですか！」

「全く意味が分からんわ、なんでおまえと心中しなきゃならないんだ！　とにかく落ち着け！　俺の顔で泣くな気色悪い!!」

「だってどうしろってんですかー！」

玲子はぐずぐずと泣きべそをかきながら、その場に蹲《うずくま》った。山崎は前髪を搔《か》きむしり、困ったように天井を仰ぐ。

すると二人の元へ一匹の白猫がやってきて「みゃあ」と鳴いた。

そういえば、猫を一匹飼っていると言っていたっけ。どうやら朝ご飯の催促にきたらしい。山崎は長いため息をつき、仕方がなく餌の準備に取り掛かった。

玲子の姿だというのに中身が分かるのか、猫は山崎の足元から離れない。

「猫だ。名前、なんて言うんですか」

「ノノ」

「女の子ですか」

「ああ。……ほら、飯だ」

小さな器にキャットフードを盛れば、ノノは尻尾を振って餌を食べ始める。

「猫は呑気《のんき》なもんですね」

「餌さえもらえたら関係ないからな」

「ちっきしょー」

「おまえ、頼むから俺の体でイメージ壊すような言動はやめろよ」

「…………」

「だから頬も膨らませるな。いい年して可愛くないんだよ」

「いたいっひどいっ」

軽く頭を叩かれ、玲子はようやく落ち着いて状況を受け入れることにした。……何より、どうしようもない問題が差し迫ってきたからだ。

「あの、山崎さん」

玲子は恐る恐る片手を挙げた。そして真剣な表情で訴える。

「なんだ」

「トイレに行きたいんですが、行きたくないです」

「おまえ、校閲から指摘入るぞ。行きたいのか行きたくないのか分からないって」

「冷静なツッコミをどうもありがとうございます。でもこのままトイレに駆け込むと、違う世界の扉を開いてしまうようで。なので我慢します」

「行け、一刻も早く行け。俺を膀胱《ぼうこう》炎にさせる気か？　泌尿器科に行く方がハードルあがるぞ、おい。ほら、いけ!!」

「嫌です－！　嫌ぁああ！」

「嫌とか言うな！　じゃあ、俺がトイレに行かずに膀胱炎になってもいいんだな!?」

「それも嫌っ！　でも、わたしの体を見られるのも嫌なんですっ！　女心、分かりますか!?」

「知らん！　とっとと行けよ！」

「いやぁあああ！」

そして攻防の末トイレに放り込まれ……。生理的現象だと自分に言い聞かせ、しくしく泣きながら一山も二山も越えた玲子であった。

「もう、わたしはお嫁にいけません」

玲子は部屋の隅で、両膝を抱えて床に座り込んでいた。放心状態である。一方の山崎は、ミネラルウォーターを片手にげっそりとしていた。

「確かに、この状況のままだと文字通りおまえは嫁にいけないだろうな。結婚詐欺師に引っかかったところだし」

「言わないでください」

「泣くなよ、こっちだって頭真っ白で禿《は》げそうだ」

「禿げるのはわたしの頭ですよね。それはやめてください」

「おまえ、妙なところでうるさいな」

「冷静な指摘です」

二人はげんなりして項垂《うなだ》れた。

「問題は、これからどうするかだ。入れ替わった原因は何が考えられる」

「わたしが絡み酒して、家に泊めさせてもらって迷惑かけたこと」

「おまえの迷惑は、俺の異動初日からだ」

「ですよね」

やはり根に持っている。玲子は遠い目をして力なく笑った。

「原因は追い追い探るとして、とにかくこれからどうするか、だ。寝て起きたら戻っていればいいが、変化がなければ腹を括《くく》るしかない」

「元に戻らなかったら、仕事はどうすればいいんですか」

「……休職、するとか。いや、無理だな」

「無理ですね、それは」

二人は押し黙った。仕事を停滞させるわけにはいかない。稼働している作家は何人もいる。二人揃《そろ》って休職してしまえば、作家にも編集部にも、会社にも迷惑をかけてしまう。何より、読者に本を届けることができない。それに仕事を失ってしまったら、自分に一体何が残るというのだろうか。

（ああもう、本当にわたしって馬鹿だ）

結婚詐欺でめげている場合ではなかった。作家とのトラブルは解決していないままだし、やらなければいけないことは山積みなのに。いざ仕事ができなくなってしまうとなると、後悔ばかりが渦巻いていく。自分がどれだけ浅はかな考えをしていたのか、危機に直面してから気づくなんて。玲子の心に悔恨が湧き、知らずのうちに拳を握りしめていた。

「仕事は、止めるわけにはいきません。色んな所に迷惑がかかってしまいます。それに今気づいたんですけど、わたし、仕事を失ってしまったら何も残りません。人生腐ってしまいます」

「腐るっておまえなぁ」

「だって、全部放り出してしまうことになるんですよ。そんなの嫌です、辛《つら》いです、納得いきません。何より、自分を許せません」

泣きそうな目で山崎に訴えかけると、彼は悩ましい表情で長嘆した。

「俺だって御免だ。……ならせめて、入れ替わったまま仕事をするしかない。幸いにも同じ職場だ。お互いフォローし合えばなんとかなるだろ」

山崎の口から出た〝フォロー〟という言葉に、玲子は驚いてきょとんとする。

「山崎さん、フォローっていう言葉知ってるんですね」

「おまえ、本当に口には気をつけろよ」

山崎はじろりと玲子を睨《にら》んだ後、自室から紙とペンを持ってきた。

「今から作戦会議するぞ。生活が丸々入れ替わってしまうから、おまえの情報を寄越せ。死ぬほど嫌だが、俺もおまえに情報をやるしかない」

「山崎さんが潔癖症なのは知ってます」

「おまえが詐欺師にひっかかったことは知ってる」

「いちいち傷口に塩を塗りこむスタイル、やめてくれませんか？」

二人は言い合いをしながらダイニングの椅子に腰かけ、まずは簡単に自己紹介を行う。

山崎一馬、京都府出身。大学から東京暮らし。現在彼女なし、飼い猫が一匹。家族は両親と姉が二人。趣味は読書、ランニング、登山。

立花玲子、大阪府出身。父親の転勤のため中学から東京暮らし。家族は両親と兄と弟がいる。趣味は読書、カフェ巡り、推し活。

「おい、なんだ推し活って」

「好きなアイドルグループの追っかけです。ライブからミュージカルまで幅広く参戦して、推すのです」

「おまえが、デスクに並べている写真の奴らか」

「はい。山崎さんは、どうしてわざわざ東京の大学を受験したんですか？　関西にもたくさん大学はあるのに」

「……興味があったから。それだけだ」

「ふうん」

「おまえは実家暮らしじゃないのか」

「うちの家には、社会人になったら家から出ていけってルールがあるんです。自立するために。だから叩《たた》き出されました」

「面白い家だな」

「はい、まぁ」

「で、次。持ち物はどうする。全部入れ替えるしかないか」

「確かに持ち物は……。色々と恥ずかしいけど、仕方がないですよね」

「だな。……あと、俺から提案がある。ものすごく嫌だが」

「でしょうね。顔がものすごく嫌そうです。わたしの顔、そんな表情できるんですね」

口はひん曲がり、眉根は強く寄せられて眉間に深い皺《しわ》が刻まれている。

「いつ戻るのかも分からないから、情報を逐一共有しておくべきだろう。でなければ、ボロが色々と出る。だからおまえ、俺の家に住め。一部屋余ってるから」

玲子は悲鳴をあげかけたが、口を開いたまま止まった。よく考えればこの体でいる限り、おかしなことは起きるはずもない。

「そうですね」

「というわけで明日元に戻らないのなら、おまえの荷物取りに行くぞ。そんで仕事の引き継ぎだ」

「……はい」

玲子は短く頷《うなず》きつつも、しまったなぁと頭を抱えた。

自分一人が行くならまだしも、山崎が付いてくるとなると間違いなく怒鳴られる。

自分の家は、こんなホテルみたいに綺麗《きれい》な家ではない。散らかし放題である。

（いや、でも今夜寝たら元通りかもしれないし。うん、とりあえずその時に考えよ）

考えても分からないことは考えるだけ損である。こういうところは前向きの玲子は、一旦思考を放棄した。

――で、結局どうなったかというと。

「なんでこんなに物が多いんだ！」

翌日の日曜、玲子のマンションの一室で、玲子は山崎に怒鳴られていた。結局お気楽な期待ははずれ、体は元に戻らなかったのだ。

玲子の部屋は汚部屋ではない――が、物は多い。玲子はスーツケースに必要な衣類を放りこんでいくが、どれも必要だと思えてきてどんどん増えていく。痺《しび》れをきらした山崎が目尻を吊《つ》り上げ、玲子の手から衣類を奪った。

「おまえ断捨離できないだろ！　いいか、五日分の服だけを選べ。ちなみにスカートなんかを俺に穿《は》かせんなよ」

「でも最近ちょっと太ったから、ズボンだと太ももがきつくって」

「知るか！　穿けるならなんでもいいだろうが」

「……暴君」

「おまえが暴君にさせてんだ！」

こめかみに青筋を浮かばせた山崎に睨まれ、玲子はシュン、と項垂れた。

「もういい、俺が選ぶ」

「はい……って、嫌！　下着は自分が厳選します、ちょっと待って！　ダメー！」

というわけで玲子は、急遽《きゅうきょ》山崎家へ引っ越すことになる。

山崎にくどくどと怒られた後、玲子は山崎のマンションで荷物を整理していた。といっても五日分の衣類とパジャマ、下着、貴重品、仕事で使うパソコンのみだ。クローゼットの半分も埋まらない。どうせ整理したところで、これを着るのは自分ではないのだが。

（しばらくお洒落《しゃれ》ともおさらば）

自分は山崎の家で寝泊まりすることになる。はぁ、と大きく落胆する玲子である。

「片付いたか」

そこに山崎が顔を覗《のぞ》かせた。

「はい」

「飯、どうする。寿司《すし》でも頼むか」

「昨日もデリバリー頼んだじゃないですか。わたし、何か作りますよ」

　すると、山崎の表情が一瞬にして固まった。恐ろしいものを見るような目を向けてくる。

「おまえがか？」

「本当に失礼ですね、わたしはこれでも料理は得意です！　片付けはできませんけど！」

　玲子は嚙《か》みつくように言うと、憤然とその場に立ちあがった。そしてキッチンへと向かい、冷蔵庫を開けるが――。

「なにこれ、何もないじゃないですか」

　玲子は呆《あき》れた声を上げた。冷蔵庫の中にあるのは缶ビールとミネラルウォーター、ヨーグルト、プロテインだ。野菜室にはなにもない。冷凍庫にはパスタと餃子《ギョーザ》、チャーハンくらいだ。

「不健康ですよ、山崎さん」

「栄養はとってる」

　玲子はじっと山崎の体を見下ろす。思い返せば、彼の職場でのご飯は小さなカップラーメン、もしくは外食だ。玲子はうーんと頭を悩ませた。

「わたしの体、ご飯をきちんと食べないと肌荒れ起こすんです」

「だから？」

「だからきちんと食べてもらいます、食事を！　わたしが毎日ご飯作りますので、ちゃんとわたしの体に食べさせてください。今からスーパーに買い出しに行ってきますから」

「え、おい……！」

玲子は駅前のスーパーへと駆け込み食材を買ってきた。キャベツ、人参《にんじん》、タマネギを手際よく切り、豚バラもざっくりと切っていく。勝手にキッチンを物色し、フライパンを取り出して火にかける。メニューは簡単にできる焼きそばだ。ついでに残ったキャベツともやしで、中華スープも作る。

「おまえ、本当にできるんだな」

「だから、できるって言ってます」

ダイニングテーブルに焼きそばと中華スープを運び、二人は「いただきます」と手を合わせた。

「……美味《うま》い」

山崎の口から素直に零《こぼ》れ落ちた誉《ほ》め言葉に、玲子は嬉《うれ》しそうに微笑《ほほえ》んだ。

「でしょう。母が鍛えてくれましたから」

「へえ」

テレビからはバラエティ番組の笑い声が流れてくる。

「明日からのこと、とりあえず考えてみた」

箸を一旦おいた山崎は、ポケットから一枚の紙を取り出した。相変わらず細かい性格だなと思いつつ、玲子は紙を受け取り開いてみる。そこには男性とは思えない綺麗な字で、文章が箇条書きで記されていた。

「……これが世にいう武家諸法度ですか」

「アホか。決まり事が必要だろうが」

玲子は口をあんぐりと開けて、呆然《ぼうぜん》と内容に目を通した。

一、毎日互いの情報を共有する。迷うことがあったらすぐに連絡すること。
二、人の体でイメージにそぐわない行動をしないこと。
三、もし同棲《どうせい》がばれた場合は、付き合っていることにして状況を回避すること。
四、元の体に戻るまでは、異性と関係を持たないこと。
五、人のプライベートには干渉しないこと。
六、散らかさない、物を増やさない。
七、泥酔しない。
八、健康のため週末はジョギングをする。

「ちょっとなんですかこれっ。特に六条から八条にかけて！　明らかにわたしに対する命令ですよね。ジョギングなんてわたしできませんから！」

「いいか、アラサーは筋肉がおちて贅肉《ぜいにく》がつきやすい。そんな体形は、俺は受け入れない。俺の日課だ。そしておまえは太って服がきついと言っていた。俺も痩せてやる。互いのためだ、付き合え」

「～～っ！　なら、わたしだって意見書かせてもらいますよ！」

玲子はペンを持ってきて、思いついたまま書き足していく。
九、玲子として脱毛サロンに必ず通うこと（全身医療脱毛中！）。
十、食事は一日三食必ず食べること。
十一、肌のお手入れは怠らないこと。
あとは、あとは――ああもう分からん。とりあえず、わたしの習慣でお金がかかっていることは必ずしてもらわないと。

「脱毛サロン？　おい、全身ってどこまでだ」

「全部です。ＶＩＯも」

「……ＶＩＯ」

「昨日お風呂入ったんですから、もう見てますよね、わたしの体。きちっと行ってください。結構痛いけど耐えてください。払ったお金の分、綺麗になるんで」

頬を引きつらせた山崎に、玲子はふふんと笑った。こっちの要望だって聞いてもらわなきゃ平等ではない。もう恥ずかしさの山は越えた。玲子はエベレストを制覇した気分だった。要するに開き直りというやつである。

「俺に、これ以上未知の体験をさせようってのか」

「男性でも全身ツルツルの人は増えてるそうなので、体験と思って通ってください」

山崎はなんとも言えない表情で押し黙ったが、しばらくしてようやく頷いた。ため息付きで。そして冷蔵庫へと向かい、冷えた缶ビールを二本、手にして戻ってくる。彼は、そのうちの一本を玲子に差し出した。

「なら、元に戻るまでの共同戦だ」

「分かりました。力を合わせて危機的状況を乗り越えましょう」

「ああ」

二人は蓋を開け、互いに缶ビールを掲げた。

玲子と山崎の本格的な入れ替わり共同生活が、幕を開けたのであった。

二話

オフィスの窓からは、朝日が眩《まぶ》しい程に差し込んでいた。

「どうしたの、立花《たちばな》。拾ったものは食べてはいけませんとご両親から言われなかった？」

玲子《れいこ》の体のままの山崎《やまさき》に、北川《きたがわ》が驚きの目を向けていた。彼女だけではない、他の同僚たちも慄《おのの》くような顔で山崎を見ている。

「拾い食いなんてしてません。至って正常です」

山崎は憮然《ぶぜん》と言葉を返した。彼らが何を言いたいのかというと、山崎が座っている玲子の机についてだ。いつもは物で溢《あふ》れかえっている机が、見違えるほど綺麗《きれい》になっていたからだ。

マイペースにのんびりとしている玲子を置き去りにして、朝早く出社した山崎がまず初めに行ったこと――玲子の机の整理である。しばらく玲子になりきるしかないので、机をはじめ、彼女の仕事道具を使用するのである。散らかっていては効率が悪い。なにより、自分の精神衛生上よろしくない。

なので、彼女には悪いが全てゴミ袋に詰め込んで彼女のロッカーに放り込んだ。アイドルグループの写真なんてなぜ飾る。それに無駄に多いキャラクターのフィギュア……。仕事には必要ないものをなぜ置く。全く理解できない。

業務メールをチェックするべくパソコンを開き始めた山崎に、周りは首を傾《かし》げていた。

「やっぱり正常じゃないわ。メイクも違うわよね。いつもふんわりって感じだけど、今日はキリッて感じ。髪も一つに結んでるし」

メイクは適当にやってきた。実家では姉たちが化粧をする姿をずっと見てきたし、何より、手先は器用だと自負している。山崎は軽く咳払《せきばら》いして、訝《いぶか》しむ北川を振り返った。

「ちょっとしたイメチェンです」

「……イメチェン、立花が。片づけられない立花が、イメチェン」

そういう一般認識を持たれてあいつはなんとも思わないのか、と山崎はげんなりした表情になる。

「おはようございます」

皆がいまいち解《げ》せない中、オフィスの扉が開いた。やってきたのは自分の姿をした立花である。

「ああ、おはよう山崎……って、どうした？　え、本当にどうした？」

今度は編集長が驚きの声をあげた。

扉を開けて登場した玲子を見て、山崎も皆と同じであんぐりと口を開けた。

「え、何がですか？」

「何がって、髪形だろ。仕事で髪を下ろしてたこと一度もないだろ。寝坊か？　ま、ワイルドでいいと思うけどな」

「あー。まあ、ちょっとしたイメチェンですかね」

嘘《うそ》つけ！　と、山崎は玲子を怒鳴りつけたくなった。しかも自分と同じ台詞《せりふ》を言うな。出社するときは髪をセットしていけと念入りに注意したのに、なんだその寝起きのままの髪形は……！

目で強く訴えかける山崎に、玲子は気まずそうに視線を逸《そ》らした。絶対に、面倒になってやらなかったに違いない。と、そこで玲子は自分の机から無駄なものが全て撤去されていることに気づいたようだ。机を差す指が、小刻みに震えている。

「なっ……つ、机が……！」

「山崎くんも驚くよねえ。僕もびっくりだよ。これで、雪崩事件は許してやってよ」

事情を知るわけもない重岡《しげおか》が、呑気《のんき》にうんうんと頷《うなず》いていた。

勝手に物を撤去された玲子が睨《にら》み付けてきたが、山崎は知らん顔をした。日頃から片付けをしていない人間が悪い。

「先輩たち、実は付き合ってるんですか？　二人揃《そろ》ってイメチェンなんて、なんか怪しいですよね」

新しく塗り替えたネイルを満足そうに眺めている高森《たかもり》に、山崎と玲子は素早く否定した。

「ここは社内恋愛大丈夫だから、付き合った時は教えてね。みんなちゃんと気配りするからね」

柔らかな笑顔で恐ろしいことを言うのは、八代栄子《やしろえいこ》である。この間の京都旅行は、子供が熱を出したため不参加だったのだ。

「勘弁してください」

山崎が疲れたように言うと、八代は面白そうに笑う。

「ふふ。さて、そろそろお仕事しましょうか」

八代の声に、皆はそれぞれ仕事に取り掛かった。

玲子は山崎の席に座りながら、自分の机を悲し気に眺めた。すっきりさっぱり綺麗になった自分の机……。推しの写真が、ない。好きなマスコットキャラのフィギュアもない。自分を奮い立たせてくれるものが、一切なくなってしまった。

(普通、相談しない?)

やけに早く出社するなと思っていたけれど、まさか机を片付けるためだったとは。

玲子は山崎の体のまま深いため息を吐き出した。

「「違う!」」

「なんか悩める山崎君だね、珍しい。寝不足？」

ガムを噛《か》みながら、隣の席の重岡が声をかけてきた。

「確か、今日は打ち合わせだっけ。柿崎《かきざき》さんと」

「あー、はい」

山崎から引き継いだスケジュールをスマートフォンで確認して、玲子は頷いた。睡眠不足のせいか、目が霞《かす》む。というのも夜もすがら、互いの仕事の引き継ぎをしていたからだ。いきなり全てを頭に叩《たた》き込むのは無理なので、直近の仕事から徐々にこなしていくしかない。

山崎は本当に几帳面《きちょうめん》な性格で、誰にでもすぐに引き継ぎができるように、細かいタスク管理を行っている。

（ミスは少ないし、仕事速いだけあるよね）

無口ですかした男だと思っていたが、評価されるにはそれなりの理由があるようだ。それに担当作家ごとに、独自の分析を加えたプロフィールまで用意されている。こんなこと、自分はしたことがない。自分のいい加減さを突き付けられたようで、玲子はもう一度ため息をついた。

「そんなにやり辛《づら》いの？」

「え？　いや……さあ、どうですかね」

重岡から尋ねられ、玲子は誤魔化すように曖昧に微笑《ほほえ》んだ。

しまった、今は仕事だ。思考を切り替えろ。玲子は掌《てのひら》をすり合わせ、目の前の仕事にとりかかった。柿崎光《ひかる》、と書かれたフォルダをクリックする。

柿崎光——編集部が企画した公募で、佳作を受賞した作家である。受賞作は刊行する流れになるので、出版に向けて加筆・修正してもらわなければならない。

本日は二回目の打ち合わせになっている。……が、どうにも無口で何を考えているのか分からないと山崎から申し送りを受けている。

なんでも、受賞したというのに嬉《うれ》しそうではないらしいのだ。

昨夜、急いで現段階での原稿に目を通したのであるが、佳作を受賞しただけあり面白い。珍しく、骨太の西洋ファンタジー作品。一通り目を通せば、素人ではなくプロの作品だということはすぐに分かる。綿密に練られている。きり良く終わらせているが、キャラクターのバックグラウンドから続きを想定しているのは明白だ。他社で別名義の刊行経験があるようだが、口を割らず謎のままらしい。

山崎が書き込んだコメントを確認してから、玲子はパソコンを手に、打ち合わせのブースへと向かう。柿崎光は、二十代後半といったところか。大人しそうで、風が吹けばよろけてしまいそうな華奢《きゃしゃ》な女性であった。ジーンズに黒のブラウス。俯《うつむ》き加減で、長い前髪で隠れていて顔が分かり辛いが、ぱっちりとした二重が印象的な、清楚《せいそ》な美女のようである。

「お待たせしました」

「よろしく、お願い致します」

ぼそり、と彼女は呟《つぶや》いた。女性にしてはハスキーな声色である。

「本日は刊行に向けて話を詰めていきたいのですが、事前にお渡しした資料には目を通していただけましたか」

「あ……はい」

「俺としては、もう少しボリュームを出していただきたいので中盤から終盤にかけて加筆をお願いしたいと思っています。基本軸はそのままで、主人公レイと相棒となるユエの関係にさらに深みを出していただけたらと。二人の関係性が浅いように思うので、もっと深みが出ればバディとしての魅力が増すと思うんです」

「……はい」

顔を一切上げずに頷く柿崎に、玲子は困った顔になった。

『まだ顔合わせの段階だったんだが、正直、本当に何を考えているのか分からない。何を言っても、〝はい〟か、だんまりなんだ』

山崎の言葉が蘇《よみがえ》る。確かに、目すら合わせてくれないのは、編集者をしていて初めてかもしれない。たいてい、作品のことになると作家は色々と気持ちを語ってくれるのであるが。

（これは、いったいどうすれば）

だが、ここでめげても仕方がない。人見知りが激しい性格なのかもしれない、と玲子は考えを切り替える。

「あの、俺が書き込んだコメントで何か気になった点はないでしょうか。的外れなことを申し上げたりしていなかったでしょうか」

玲子は次に質問をしてみた。机の上で組んだ柿崎の指がぴくりと動いたが、それでも顔を上げようとしない。思考をまとめているのか、幾ばくか重々しい沈黙が流れた。

（もしかして、何か言いたいことがある？）

柿崎のテーピングがされた手を眺めながら、忍耐強く待っていると、彼女の口が僅かに開いた。玲子は刹那に表情を引き締めたが、「特に、何も」と零《こぼ》れ落ちた台詞に、がっくりと肩を落とした。

（無事に作品作れるのかな、こんな状態で）

打ち合わせでストーリーを作っていくのはもちろんのことだが、作家とコミュニケーションが取れなければ、作品の制作途中で暗礁に乗り上げることが多々ある。作品の方向性が作家と編集者との間でずれてしまい、嚙み合わなくなるのだ。そこで互いに意見を出し合い修正できたら良いのであるが、土台となる信頼関係がなければトラブルに発展してしまう。　玲子の場合は、特に身に覚えがある。　先日、玲子に怒鳴って帰っていった魚住の件がまさにそうである。

それに比べて目の前にいる柿崎のように、こちら側の意見を聞いてくれるタイプはやりやすい。否定を示してくるわけではないし、このまま自分の言う通りに話を進めていってもらったほうが、売れる可能性だってある。

（……いや、それでは駄目だ）

体の内側から囁《ささや》きかけてくる声を否定するように、玲子は頭《かぶり》を振った。

その方法を採ってしまえば、自分は魚住のことをとやかく言えなくなる。今度はわたし自身が、柿崎に一方的な仕事を強いてしまう。そもそも魚住との一件だって、彼女と向き合えなかった自分にも原因があるんじゃないか。同じことを繰り返すわけにはいかない。

ああもう、なんだか嫌だなと思う。自分の問題を山崎に引き継がせてしまったことが。

（だからこそわたしは今、全力で仕事をしなきゃいけないんだって。山崎さんは嫌いだけど、仕事で迷惑をかけたいわけじゃないんだから）

山崎ほどスマートに仕事はできないけれど、負けたくない。体が入れ替わっていても、やる仕事に変わりはない。

それからも世間話も交えて話を振ってみたが、本当に会話という会話が成立しない。終《しま》いには「指示された通りに改稿していきますので、よろしくお願いします」と、話を切られてしまった。

（いや、違う。そうじゃないんだよ！）

玲子は手を伸ばして柿崎の肩を揺さぶりたくなったが、できるはずもなく。

結局柿崎は、目に見えない壁を作ったまま、ぎこちない会釈をして帰っていった。

（打ち合わせ、何か成果があったのかな。自分だけが無駄に話をして終わってしまった）

彼女の背中を見送っていると、ショルダーバッグにつけられたゲームキャラクターのキーホルダーが揺れていた。狸《たぬき》のような可愛《かわい》らしいフォルムのキャラクターは、確かオンラインゲームのモンスターだったはずだ。しかも、かなりレアな。

なぜ玲子が知っているのか。慎太郎《しんたろう》がそのオンラインゲームにはまり、課金を手助けしていたからだ。そして付き合いで、自分もゲームに時々参加していたから。

こんな時にまで彼を思い出すだなんて。玲子は馬鹿な自分に眉を顰《ひそ》め、天井を仰いだ。

（でも、こうなったらどんな経験でも役に立てないと。ちょっとは慎太郎から元を取ってやる）

場所と日時を改めても、きっとまた今回のような会話で終わる気がする。ならば、こっちから向こうのフィールドに出向くしかない。方法を変えるしかない。それに、どうにも引っかかるのだ。沈黙が降りた時、彼女は何かを言おうとした気がして。

玲子は、かつを入れるように自身の両膝を手で叩くと、急いで柿崎の後を追った。

ちょうど柿崎がエレベーターに乗り込むところで、玲子はエレベーターのドアが閉まらないように両手で塞いだ。柿崎の目が、驚いたように大きく見開かれる。

「あの、すみません！」

「は、はい」

玲子の気迫に押されたように、柿崎は後ずさる。

「鞄《かばん》につけてるそのキーホルダー、シュイットですよね、レアキャラの」

「え、あ、は、はい」

「ゲーム、されるんですか」

「あ……ほぼ、毎日」

「わた……俺、レベル４のフィールド、クリアできていないんです。サポートで手伝ってくれませんか!?」

「え、あ、え……？」

昼休みに向かおうとする人たちが、エレベーターホールに向かって集まってくる。柿崎は、慌てたように頷《うなず》いて「わ、分かりました。よく分かりませんが、また、日時、教えてください」と言ってエレベーターを閉めてしまった。

（なんだかものすごく無理やりだったけど、連絡してみよう。善は急げだし！）

一人、拳を握ってやる気を出していると、後ろから来た誰かにふくらはぎを蹴られた。

「何すんですかっ」

そう言って振り向くと、不機嫌そうな山崎が玲子を見上げていた。

「そりゃこっちの台詞《せりふ》だ。おまえ、変なことしてないだろうな」

「人の荷物勝手に捨てた人に言われたくないです」

「ゴミ袋に入れて、ロッカーに収納しただけだろ。むしろ感謝してほしいくらいだ。……それよりおまえ、俺の体なんだからいつもと同じことすんなよ。男の場合じゃ、セクハラで訴えられることもあるんだからな」

玲子は先ほどの行為を思い出す。あれは壁ドンならぬ、密室閉じ込め行為にあたるのでは……。固まった玲子に、山崎は眉をピクリと動かした。

「おい、おまえ――」

「な、なんでもないですよ！　あ、じゃあわたし、ちょっと片付けあるんで！　じゃ！」

玲子は逃げるように、打ち合わせブースに戻っていったのであった。


「何やってんだ、おまえ」

山崎は帰宅するなり開口一番に言った。

「何って、料理してたんですよ」

自宅から持参したピンクの花柄のエプロンをつけている玲子に、山崎はとても嫌そうな顔をした。そりゃそうだろう。中身は玲子でも、見た目は山崎の姿なのだから違和感しかない。

「じゃあ、男性用のエプロン持ってますか」

「……早いうちに買ってくる」

恐ろしいものを見たような表情で、山崎は腕をさすりながら自室に入っていった。言っておくが、鏡に映ったエプロン姿の自分を見て、なんとも言えない気持ちになったのは玲子とて同じである。いっそのこと、キャラ変して生きるってのはどうだ。そうすれば喋《しゃべ》り方や仕草を意識しないで済むし。

（いやいや。山崎さんが許さないって）

それはさすがにできないな、と玲子は乾いた笑みを浮かべて夕食の席についた。

荷物を置き、洗面所で手を洗った山崎がリビングへと入ってくる。さっきまで出窓で外を眺めていたノノが、山崎の足元にすり寄っていく。撫《な》でろ、と言っているようだ。山崎は相好を崩してノノの頭を撫でる。

（うわぁ、笑ってる）

といっても、玲子の姿をした山崎がほんの僅かに笑っているだけなのだが。体が山崎自身であれば、写真でも撮って、職場にばら蒔《ま》いてやるのに。

「なんだよ」

「いえ、別に」

玲子に向ける視線は、やはり冷たい。まあ、こちらの方が慣れているから自分にはこれで十分だ。山崎は夕食の席につくと、並べられた食事を見て目を丸くした。

「おまえ、本当に料理できるんだな」

ダイニングテーブルの上には、キャベツをたっぷりと添えた豚肉の生姜《しょうが》焼き、副菜は山芋とオクラのポン酢和《あ》え、大根のお漬物、味噌汁《みそしる》、白飯が並んでいる。

「何度も言わせないでください。料理はできます」

「そして片付けができないこともよく分かった」

山崎はキッチンに散乱した調理器具を一瞥《いちべつ》した。

「一言余計ですよね。素直に褒めるってこと、できないんですか」

「事実を述べただけだろ。……洗い物と片付けは俺がやる。家事分担だ」

椅子に座り、山崎と玲子は両手を合わせた。

「いただきます」

二人、自分の姿を目の前に食事をするという奇妙な光景である。

「……美味《うま》い」

一口、味噌汁を飲んだ山崎は言葉を零した。

「自分で言うのもなんですが、料理上手ですから」

「ふうん。それでも結婚詐欺にあうとは可哀《かわい》そうにな」

「傷口に塩を塗るスタイル、いい加減やめてくれません？　そういう山崎さんは、なんで彼女いないんですか」

正直、山崎はモテる部類に入ると思う。玲子以外には礼儀正しいし、物腰は落ちついているし、仕事はできる。それに、ジョギングをしているだけあって体は引き締まっているし、身長も百八十センチはあると思う。顔は美形というわけではないが、やや吊《つ》りぎみの鋭い目つきに、逆三角形のシャープな顎。服は白と黒が多くシンプルなコーデ。玲子としては顔は好みではないが、世間一般からしたら中々いい線をいっていると思う。

山崎は生姜焼きを食べながら、不機嫌そうな目を玲子に向けてきた。

「さあな。いつも振られるから」

「えっ」

「付き合ってもたいてい振られて終わる。面倒くさくなって、この数年は誰とも付き合ってない」

「口と性格の悪さが原因ですね、きっと」

玲子は憐憫《れんびん》の眼差《まなざ》しを向け、しみじみと呟《つぶや》いた。

「うるさい。そもそも顔しか重視せず、結婚詐欺師に金をぶんどられた哀れな女に言われたくない。おまえ、いい年なんだから目を養えよ。痛いぞ、だいぶ」

「傷口に塩を塗るだけでなく、バーナーで炙《あぶ》るの、やめてください」

「なら余計な詮索をするな」

「はーい」

「それよりおまえ、今日柿崎さんと打ち合わせだっただろ。どうだった？」

玲子はオクラと山芋を箸で混ぜながら、うーんと唸《うな》った。

「正直、コミュニケーションが取れません」

「だろ」

「なので、わたしから突撃します。彼女のフィールドに」

「は？」

山崎は目をパチクリとさせた。

「きっかけは摑《つか》めそうです。手がかりがありましたし。今夜、再度チャレンジしてみます」

「……何を言ってるのか分からない」

「彼女、きっとかなりのゲーマーですよ。手にテーピングしてましたし、極めつけは鞄についてたストラップ。あれはゲームの中でも一、二を争うレアキャラです。確か限定発売だったはずです」

「おまえ、よく知ってるな」

「ま、まぁ、自分も齧《かじ》ってたんで」

ここで例の慎太郎の件を持ち出すと、また傷口を抉《えぐ》られそうだ。玲子は余計なことは言わずに話を進める。

「というわけで彼女が執筆に着手するまえに、もう一度話をしてみます。一か八か、ゲームの中で会ってきます。どうも、あの受け身すぎる態度が気になるので。全部指示された通りに改稿しますって、おかしいじゃないですか。それじゃ柿崎さんの作品じゃなくて、編集者の作品になってしまいます。そんな作品、わたしは嫌です」

はっきりと言うと、山崎はまじまじと玲子の顔を見つめた。

「え。何か変なことを言いましたか、わたし」

「いや、別に」

山崎は首を振ると、食事を再開した。相変わらずよく分からない人だな、と玲子は味噌汁を飲む。

「それよりもおまえ」

「はい？」

「髪の毛をセットしていけって言ったよな。あと、髭《ひげ》」

「……だって、オールバックなんてやったことないですもん。髭はまあ、ちょっとだけだしいいかなぁ、と思ったり」

やはり指摘されるよな。今朝の無言の圧力を思い出し、玲子は山崎から目を逸《そ》らす。

「こっちは完璧にやってるだろうが」

「山崎さんはなんでも器用だからです。わたしがオールバックにしたら、おそらくワックスでベットベトになると思いますが、それでもいいんですね」

自分は山崎と違って不器用なことはよく分かっている。脅すように言うと、山崎は不機嫌そうに舌打ちした。

「わたしの姿で舌打ちしないでください」

「外ではしてない」

すると、ソファで寛《くつろ》いでいたノノが玲子の膝の上に乗ってきた。喉をゴロゴロと鳴らす姿に、玲子は目尻を下げる。ノノの頭を優しく指で撫でてやれば、彼女は気持ちよさそうに目を細めた。

「可愛《かわい》い。山崎さん、昔も猫を飼ってたって言ってましたよね。猫、好きなんですか」

「そいつが死にそうになってたから仕方がなくだ」

「でも面倒見てるじゃないですか。山崎さんに少しは優しいところがあって良かったね、ノノ」

名前を呼ぶと、ノノはまん丸い目を細めて返事をするように鳴いた。

「冷徹人間のように言うな。ていうかおまえ、猫に慣れてるな」

「昔、捨て猫を拾ってきてしばらく飼っていたんです。でも、弟に猫アレルギーが出てしまって飼えなくなって。両親が里親さんに引き取ってもらったんです」

「ふうん」

「あ、そういえば今日は誰かから連絡はありましたか？」

自分のスマートフォンを持つべきか迷ったのだが、緊急の電話がかかってきた時に困るので、玲子は山崎のものを、山崎は玲子のものを持っている。なのでプライベートは筒抜け状態である。恥ずかしいところを既に晒《さら》してしまっている玲子は困らないが、山崎は本心ではどう思っているのだろうか。別に隠すものはないから構わない、と言っていたが。

「おまえの家族から連絡が来てた」

山崎はポケットから携帯を取り出して玲子に渡す。玲子も、キッチンに置いていた山崎の携帯を持ってきて交換した。

「あ、ほんとだ。……げ、いつ結婚するのって、無理ですから。相手は詐欺師でしたから」

母親からのメッセージを見て、玲子は一人でツッコミを入れつつ文字を打つ。

「おまえ、口に出しながら文字打つのやめろ。自分で言ってて悲しくならないか」

「自虐でもしないとやっていけません。——あ。山崎さんの携帯には、営業の羽黒《はぐろ》さんからラインが来てましたよ。仲いいんですね」

「ただの同期だ。どうせいつもの内容だろうしな」

羽黒というのは、営業部で通称〝王子〟と呼ばれる男である。なんというか、少女漫画からそのまま出てきたような甘いマスクをしているので、女子社員から人気があるのだ。彼女と同じ部署にいる玲子の同期が『いっつもへらへらしてるくせに、仕事ができるから腹が立つ』と言っていたことを思い出す。

山崎は面倒くさそうな表情をして、何やら返信をしている。

「いつもの内容ってなんですか」

「恋煩い。後輩の姫島《ひめじま》さんにうまくアタックできずに悶々《もんもん》としてる」

「えっ、姫に!?」

玲子は驚きの声をあげた。

「なんだよ、知り合いか」

「同期で飲み仲間です、友人です」

「マジか」

「はい。彼女、打倒羽黒さんを掲げて仕事してます。完璧すぎて腹が立つそうです」

「……脈なしか？」

「まぁ、そうかもしれません」

彼女の恋愛事情を知っている玲子は、曖昧に頷《うなず》いた。

額を押さえつつ返信している山崎を眺めながら、玲子は味噌汁を啜《すす》った。

（それにしてもこの生活、一体いつまで続くのかな）

一日を終え、慣れないことばかりで疲れた。『立花』と呼ばれたら返事をしてしまうし、逆に『山崎』と呼ばれて返事ができなかったり。女子トイレに入りかけ、違うと気づいて慌てて男子トイレに駆け込んだり。男子トイレに入ったら、目のやり場に困りながら個室に直行したり。あと、考えもしなかったのが歩き方だ。自分はどうやら内股だったようで、重岡さんには『我慢してないでトイレ行ってきたら？』と気遣われる始末。

（自分と比べて、山崎さんは器用なんだよね、本当に）

特に焦った様子も困った様子もなく、淡々と仕事をこなしていたし、周りとの会話もうまく捌《さば》いていたし、化粧も割と綺麗《きれい》にやっていたし。器用な人はいいよな、と心底羨む玲子である。

「なんだよ、俺の顔に何かついてるか」

「わたしの顔で威嚇しないでください」

「なら俺の顔で睨《にら》んでくるな」

きっと、器用な人間には不器用な人間の気持ちなんて分からないんだろう。

食事を終えると、玲子はノノの首筋に顔を埋めた。

（……と、人のことをいつまでも羨んでいたって仕方がない）

シャワーを浴びた玲子は山崎に貸してもらっている部屋に戻り、自宅から持ってきたゲーム機をテレビに繋《つな》いだ。そしてスーツケースの中から、マイク付きのヘッドフォンを取り出す。自分ができることを、まずしなければ。

ゲーム機の電源を入れ、玲子はベッドの前で胡坐《あぐら》をかく。ソフトを起動し、残ったままのデータを選択して相手の参加を待つ。相手とはもちろん柿崎である。

待ち合わせは二十二時。今は二十一時五十分。果たしてやってくるか。

そわそわと落ち着きなく待っていると、プレイヤーの参加を報《しら》せる音と共にアバターが現れた。臍《へそ》を出した剣士姿の女性である。

画面に表示されているニックネームはカッキーだ。ちなみに玲子のニックネームはレイで、アバターは魔法使いをイメージした可愛らしい衣装になっている。

「柿崎さん、ですよね？」

「……はい」

玲子が尋ねると、昼間と同じく、消え入りそうな小さな声がヘッドフォンから聞こえてきた。

「このフィールドで行き詰まったままだったので、協力お願いします」

「……その装備じゃ厳しいですよ」

「え⁉」

いきなりダメ出しをされた玲子は慌てた。

「でも、できるだけフォローするので、大丈夫です」

「あ、ありがとうございます！」

何か分からないけど心強い、と玲子は走り出した柿崎の後ろをついていく。

「ここ、丘の上にボスがいるんですけど、アイテムが必須なんです。……地下洞窟には行きましたか」

「え、知らないです。行ってないです」

「なら、まずはそこに行きましょう」

「はい」

二人は広大な草原を走りつつ、小さなモンスターを倒していく。柿崎は普段のおどおどした性格からは考えられないほど、容赦なくモンスターを斬っていく。

「強いですね、柿崎さん」

「……本が書けなくなった時期があって。その時に、ずっとやってたので」

本が書けなくなった時期、か。他社で出版作業をしていた時のことを言っているのだろうか。すると、ゲームの中で柿崎が足を止めた。

「あの……」

「山崎さんは、どうしてわたしをゲームに誘ったんですか」

玲子は、考えるように自室の天井を見上げた。

「気になったんです」

「何が、ですか？」

「今日の打ち合わせで、どうして柿崎さんが、全部言う通りにします、だなんて言ったのかなって」

柿崎は沈黙した。ゲームの中の浮き雲がゆっくりと流れていき、草原に影が落ちる。

軽やかなBGMを耳にしながら、玲子は彼女の答えをゆっくりと待った。

「……わたし、前の仕事で失敗したんです」

「失敗？」

「はい」

悲し気な呟《つぶや》きを落とすと、柿崎は再び草原を走り出す。

「実は担当さんと揉《も》めて、作品が打ち切りになったんです」

打ち切り──その理由はいくつかある。販売部数が一定のラインを越えられないことが、一番多い理由だろう。その他には作家自身の事情や、レーベル自体が潰れてしまったりすることもあるが……。

「なんでしょう」

「部数が、伸びなかったんですか」

「それもありますが、他にも理由があって。……あ、ここの草がないところ、魔法で攻撃してください。地下に続く階段が隠れているので」

「あ、はいっ」

柿崎にリードされながら、玲子は魔法を放った。すると地面が崩れ、隠れていた地下への階段が現れる。二人は薄暗い地下へと足を進める。

「出だしは、良かったんです。でも、途中で売り上げが下がってしまって。担当さんから、売れるように恋愛面を前面に押し出してほしい、物語をシリアスにしないでほしいって言われて。読者層は若い女の子たちでしたから。……暗くて、お堅い話は受けが良くない。でもわたし、物語の方向性を譲れなくって。ただの恋愛物になるのがとても嫌で。それを伝えたら、言うこと聞いて書いてればいい。このままじゃ本が出せなくなるって言われて……。そんなやりとりをしてたら、口論になってしまって。いつの間にか書くこともできなくなって、本当に打ち切りになってしまったんです」

「そう、だったんですか」

「……ショックでした。でも、わたしが聞く耳を持たなかったから、仕方がなかったんだなって。執筆が嫌になって、書くことを止《や》めようって思って、工場でバイトをしてました。……でも、ふとした瞬間に考えてしまう。こんな物語が読みたい、書きたいって。言葉がどっと浮かび上がって、キャラクターが頭の中を駆けていく。作家仲間の友人に相談したら、もう一度書いてみればいいって、背中を押してくれて。……だから、もう一回だけ書いてみよう、次で何かしらの賞が取れなかったら諦めようと思って、公募に出しました」

暗闇から突然モンスターが襲ってきて、玲子はダメージを負う。しかし、すぐに柿崎が斬り捨ててくれる。

「でも……。実際に賞をいただいたら、今度は、怖くなりました。もし続刊を出せることになっても、打ち切りになったらどうしようって。前の担当さんも男性で、あの時の威圧感が拭えなくって。わたし、元々、男性の方が苦手で……。初めて山崎さんにお会いした時、表情が険しかったし。正直、また担当さんが男性かって思ってしまって……。前の仕事のことを尋ねられて、正直に答えられなかった。……どんな風に思われるんだろう。我の強い、扱いにくい作家だと思われるのかなって。実際、意見を譲らなかったわたしも悪かったですし、そもそも人と、コミュニケーションを取るの……苦手だし」

山崎の顔が怖いのは仕方がない。だって彼が笑ったところ、玲子とて今まで見たことがない。ただ、猫には優しそうだが。なるほど、これで状況が読めた。

玲子はアイテムを使って自身の体力を回復させると、次々と襲ってくるモンスターを倒していく柿崎のフォローをするべく、彼女の守りを強化する魔法を発動させた。

「あ、ありがとうございます」

「いえ！」

「でも、こんなところで使ってたら、MPが持たない……。それにわたし、そんなにダメージ受けてない、ので」

「え？　あ、本当だ！」

何も考えずにプレイしていたら、自分のMPのゲージがかなり減っている。それに比べ、柿崎のHPとMPはさほど減少していない。

モンスターの群れを全て倒すと、ヘッドフォン越しに柿崎が遠慮がちに声をかけてきた。

「あの、山崎さん」

「はい」

「わたしの話を聞いて、幻滅、したでしょう」

「え、してませんよ。むしろ助かりました、お話を聞かせてくれて」

「え？」

玲子はふと、新人の頃に、荒木《あらき》からもらった言葉を思い出した。毎日の業務をこなす中で、忘れてしまっていた大切なこと。

「これは編集長の教えなんですけどね」と、コントローラーを握りしめたまま玲子は言葉を続ける。

「いい原稿を取るためには、まず人間関係を築いて作家の心に踏み込めっていう教えがあるんです。相手の気持ちを慮《おもんぱか》った上で本音を言う。でないと、作家さんの心には何も響かない。もちろんそれは、作家さん側にも言えることだと思うんですけど。その、これはオフレコでお願いしたいのですが、わた……、俺、この前の仕事で失敗してしまって」

「山崎さん、がですか？」

「はい。作家さんとうまく、合わせられなくて。打ち合わせ場所で原稿をぶちまけられて、初版の販売部数が少ないって怒鳴られて。……終《しま》いには、担当を替えろとまで言われました」

「……そんな」

「正直、なんでこっちが怒られるんだろう。言うことを聞かなかったのはそっちのくせに、意味が分からない。もう嫌だな、辞めたいな、なんでこの仕事やってるんだろうって思ったり」

玲子は苦笑しつつ、自分の気持ちを吐露する。

「でもよく考えたら、相手にちゃんとぶつかれていなかったんですよね。相手の顔色を窺《うかが》いすぎてしまってたから、自分の考えをきちんと伝えることができなかったし、逆に、相手の本当の気持ちや考えを汲《く》み取ることができませんでした。そもそも編集者は、作品から一点の曇りもなくさなければなりません。でなければ、世に送り出せない。……なのに、作家とぶつかることが億劫《おっくう》で、俺は迷いがあるまま作品を送り出してしまいました。

……要するに、仕事で手を抜いたんですよ、自分は」

停止したままのゲーム画面を静かに眺めていた玲子だったが、コントローラーを動かし、自身のアバターを地下道の奥へと走らせていく。何かを吹っ切るように。

「だから、今後は同じことをしたくないって思ったんです。相手が何を考えているのか分からないなら、聞くしかないじゃないですか。ちゃんと気持ちが聞けるように、関係を構築していかなきゃって。そうしたらこんな自分でも、柿崎さんの力に少しはなれると思うんです。今、柿崎さんがゲームで助けてくれてるみたいに、一緒にゴールに向かっていけるというか」

玲子の言葉に、柿崎がヘッドフォン越しに「ありがとう、ございます」と震える声で呟いた。

「あの」

「はい」

「わたしも、もう一度、頑張りたいんです。実は、今度の原稿に関して、本当は言いたいこと、いくつかあって。提案、とか。……口で伝えるのは苦手なんで、データに書き込んで相談しても、いいですか」

「もちろん！　いただければ、また改稿案練り直します！」

玲子は弾んだ声と共に大きく頷《うなず》いた。

「ありがとうございます。わたしも、お話しできて良かったです。……山崎さん、なんか可愛《かわい》くて、安心したっていうか」

「可愛い？」

玲子は目をぱちくりとさせた。

気が付けば地下道の奥に到達していて、宝箱が現れた。宝箱を開いてアイテムを入手すれば、頭上の壁が崩れ落ち、地上への最短出口が現れるとともに、外の光が洞窟へと差し込んだ。

「アバター、女性で落ち着くっていうか。話し方も、柔らかいっていうか。女性的な方なんだなぁって。意外な趣味を知れて、良かったです」

……しまった。アバターのことまで考えていなかった。

まあ、ギャップが生まれて結果オーライということで。あとは山崎さんにうまいこと伝えて、元に戻れた後はなんとかしてもらおう。

その後、少し心を開いてくれた柿崎の手助けもあって、丘の上のボスを無事に倒すことができたのであった。

「はぁ⁉ もし体が戻ったら、柿崎さんに可愛く接しろだ⁉」

翌朝、歯を磨きながら山崎が凄《すご》む。一方の玲子はキッチンで朝ご飯を作っていた。

「わたしの顔でその人相やめてくださいってば。しかも、目の下の隈《くま》がすごいんですけど」

「入れ替わりのストレスだ。コンシーラーでなんとかなんだろ、隈なんて。それよりおまえ、俺の体で何やってくれてんだ」

「でも可愛いわたしのおかげで、柿崎さん、今度色々とコメントくれるそうです」

「意味がわからん」

「柿崎さん、前の担当編集に結構きついこと言われたみたいです。それが男性で、ちょっとしたトラウマになっているようで。なので、優しく丁寧に接してください。ほら、山崎さんってこう、普段から眉間に皺《しわ》が寄ってるじゃないですか。怖いんですよ、きっと」

「……これは生まれつきだ」

「生まれた時からそんなわけないでしょ。どんだけ怖い赤ちゃんですか。とにかく、これからは意見を伝えられるように、努力してくれるそうです。思っていたよりも、ちゃんと話ができて良かったです」

「あっそ」

山崎は目を細めて玲子を流し見ると、洗面所へ去っていった。

玲子はトースターで焼いていた食パンを取り出した。今日の朝食はオープンサンドだ。食パンの表面にマーガリンを塗り、レタスを散らし、その上に蒸し鶏《どり》をのせ、マヨネーズと粒マスタードを合わせたソースをかければ完成。あとはヨーグルトとみかん、前日に残ったコンソメのスープ。

一日の始まりはしっかりとした朝食から。

最近、いいことがなかったけれど、こんな自分でもできることがある。同じ失敗は繰り返さない。少し心が軽くなった玲子は、笑顔で「いただきます」と手を合わせた。

三話

他人と自分が入れ替わるだなんて——それも、嫌いなあいつと。

奇想天外な出来事に見舞われている山崎《やまさき》の目の下には、くっきりと隈ができていた。それもこれも、全てあいつのせいだと山崎は心中で毒づく。あいつとは立花玲子《たちばなれいこ》——山崎の異動初日早々に喧嘩《けんか》を売ってきた相手である。

そもそも、自分は片づけができない人間が嫌いだ。家のしつけが厳しかったからか、どうにも気になる。整理する時は、物にしろデータにしろカテゴリー別に分けられていなければ嫌だし、定位置に物がなければ落ち着かないし、使わないものは早めに断捨離しないと嫌だ。

異動初日、新しい自分の机を編集長に指さされた時から、すでに嫌な予感はしていた。自分の机はどうでもよかった。問題は、向かい合う机だ。今にも倒れてきそうな書類と本の山が左右に置かれ、その書類の上には訳の分からないフィギュアやら朱肉やらの小物が載っている。さらには男性アイドルの写真がパソコンに貼られている。ちなみに、書類と本はドミノタワーのように不安定に積まれているのに、倒れていない不思議さである。電話は書類の中に隠れていて、かろうじて受話器が見える程度。あまりの汚さに頬を引きつらせ、こんな汚い机を前に仕事をしなければならないのかと、口元を引きつらせた。一体どんな奴なんだと、机の使用者に視線を向ければ、それが立花だった。椅子に腰掛け、ティッシュで鼻をかんでいる。風邪なのか鼻炎なのか、それはどうでもよかったがとにかく机だ。こんな机を毎日目にしていたら、精神がおかしくなりそうだ。新しいメンバーたちから挨拶を受けつつ、目の前の汚い机にどう対策すべきか考えている時だった。事件が起こったのは。

立花が立ちあがり、自分に向かって会釈しようとした瞬間、男顔負けのパワフルなくしゃみが繰り出された。すると、辛《かろ》うじてバランスを保っていた書類と本のタワーが崩れ、自分の机に雪崩れ込んできた。

慌てて謝ろうと身を屈《かが》めた立花だが、その瞬間、もう一発盛大なくしゃみをした。今度は彼女自身がバランスを崩して机に突っ伏し、完全にタワーを崩壊させた。そして蓋をしていなかった朱肉が宙を舞い、自分の額に向かって飛んできたのだ。

オールバックの額に綺麗《きれい》な日の丸が押され、しばしの沈黙の後、編集長は大爆笑。――すぐに、冷たい目で黙らせたが。

すぐさま謝ってきた立花を思わず鋭い目で睨《にら》むと、彼女は『ちょっと朱肉が飛んだだけじゃないですか』と言って唇を尖《とが》らせた。

普通、朱肉は宙を飛ばない。飛んだとしても蓋がついているはずだ。

その日以来、立花と自分の机の間に白いアクリル板を設置し、彼女の机が見えないよう、物が降って来ないように物理的に塞いだ。

山崎にとって、立花は嫌いなタイプの人間だ。

片づけができないことが一番の理由だが、誰彼構わずよく喋《しゃべ》る、一人で仕事をしていても独り言が多い、動物的勘のような発想が非常に多い、感情でものを言ってくる。

そもそも仕事は情報を集め、分析・理解し、理論を立てて実行に移すことが基本だろう。あとは段取りが悪い。よく、仕事が終わらないと嘆いている。仕事の段取りなんて家事をする要領と同じだと思う。まず優先順位を決めてスケジュールをたて、いかに時間を短縮できるか考え、予定を組み合わせればいい話だ。

とまぁ、正反対な性格の立花と入れ替わってしまったことで、色々と大変なわけである。

彼女の机を掃除し、整理整頓したのと同様、彼女のパソコンの中のデータも整理整頓することから始まった。仕事の引き継ぎを行った結果、立花がわんわん泣いていた原因の一つ――例の怒鳴り散らす作家、魚住八重《うおずみやえ》とのやりとりが、入れ替わって初めての大仕事になる。

（魚住八重ね）

今まで少年向けライトノベル部に在籍していたため、女性向けの小説については知識が浅い。そんな自分でも、魚住八重という名前くらいは知っている。デビュー作が大ヒットし、アニメ化されるなど十分な実績を持つ作家である。

だがその後は、鳴かず飛ばずでたいしたヒット作品もない。強気で頑固な性格が災いしているとも噂《うわさ》で耳にした。立花の話を聞く限り、あながち間違いではないだろう。

昔は看板作家だったのかもしれないが、今の富田《とみた》文庫で看板作家と言えるのは、魚住と同じ時期にデビューした砂羽《さわ》だろう。初めに売れて後に売れなくなる作家と、初めは売れず、後にヒット作を連発する作家。果たしてどちらがいいのやら。

自分なら、初めに売れすぎると後がしんどいので、後者の方が楽かもしれないなと思いながら、缶ビールを開ける。

「山崎さん、かなり寝不足ですよ。目の下の隈がすごいんですけど」

風呂上がりのビールを飲んでいると、立花が心配そうに声をかけてきた。自分が自分を見ているので慣れない状況である。自分はそんなにも眉尻が下がる人間だっただろうか。

「うるさい。こっちはおまえの引き継ぎで色々とややこしいんだ。おまえの仕事の遅さが分かった気がする」

「え!?」

さらに、立花の顔が不安げな色になる。

「おまえはまず、仕事のデータを分かりやすく整理するところから始めろ。もしおまえの身に何かあったとき、他の人間にスムーズに引き継げない。ものすごくイライラする。時間の無駄だ」

「……はい」

上下スウェット姿の立花が、大人しく頷く。

「おまえが素直に頷くなんて気持ち悪いな」

「なぁっ！　こっちだって反省してるんですよ！　その、山崎さんの仕事の仕方が、きっちりしてて丁寧で正確ですから」

「おまえと比べたら大体はそうだろうな」

「山崎さんはそういう発言がいけないんですよ！　憎まれ口って知ってますか？　可愛くありません」

「可愛くなくて結構」

唇を尖らせる立花の頭を、山崎は軽く叩《たた》く。

「だから、俺の姿でその口やめろ」

「癖なんですよ」

「今すぐやめろ」

ぶつくさ言いつつ、立花は大根と人参《にんじん》の甘酢和《あ》え、椎茸《しいたけ》の肉詰め、サラダ、味噌汁《みそしる》をテーブルに並べる。毎度思うが、早いとは言えない帰宅時間なのに、よくこんなにも料理が作れるものである。

「あのさ」

「はい」

「おまえ、無理してないか。こんなに料理作って」

そう言うと、立花は奇妙なものを見るような目を向けてきた。

「山崎さん、もしかしてわたしに気を遣ってるんですか」

「俺が気を遣ったら、悪いのか」

「今まで気を遣われたことがないので」

「……へえ」

「あ、いや！　怒らないでくださいよっ。なんですか、気を遣うくらいなら美味《おい》しく食べてください！　調子が狂うんですよ！　大体、料理作ってるのはわたしの体のためです。インスタント類ばっかり摂取されたら、その体は元気が出ませんよっ」

「はいはい」

掃除・片づけができないので、てっきり家事全般できないと思っていたのだが。なぜ、料理だけできるんだか。

「おまえ、なんで料理だけできるんだ」

「母がお店をやってますので、その影響です。ちなみに母も掃除と片づけができません」

「あっそ。店って、和食？」

「んー。なんでもありの、気まぐれ小料理屋ですかね。気分次第で、ころころメニューが変わるので。あっ、それより聞いてくださいよ。柿崎《かきざき》さんが、たくさん意見出してくれたんです。ちょっと量が多すぎますけど、柿崎さんが書いていきたい方向性とか、キャラクターの裏情報までバッチリいただきました！　すごい綿密に設定されてるんですよ。各章ごとにノートが分けられているそうで、今度見せてもらえることになりました！」

「へえ」

味噌汁を啜《すす》りながら、楽しそうに報告してくる立花に目を向ける。

立花は自分と違い表情豊かだ。楽しい時はよく笑うし、不満がある時は唇を尖らせているし、泣く時は子供のように泣く。大人なんだからしっかりしろよ、と思う反面羨ましいとも思う。彼女のように、素直に感情を表に出せることが。

馬鹿正直と言ってしまえばそれまでだが、彼女は誰に対しても嘘《うそ》をつかない。なんだかんだ、真剣である。多少仕事が不器用でもそういった面が大きいから、作家や仕事仲間からの信頼を得ることができるのだろう。するりと心に入り込む、というのだろうか。彼女と仕事をしている作家の面々は、大方生き生きとしていて、楽し気でさえある。

柿崎の件だってそうだ。自分がリードしていくしかないと思っていたが、いつの間にやら彼女の本心を引き出した。

それに立花は仕事の勘がいい。例えば作家が悩んでいたとすれば、きっかけとなるアイディアをどこからともなくポンッと出してきて、作家の背中を後押しする。自分なら一、二週間かけて原稿を読み込んで、参考文献を片手にあれやこれやと考えたりするのに。

「……おまえはいいよな」

ぽつり、と言葉が無意識のうちに零《こぼ》れ落ちた。

「え?」

立花が首を傾《かし》げる。

「あ、いや。なんでもない」

人見知りをして、他者との距離をある程度確保してしまう自分からしたら、立花のような人間は羨ましい。

だが、羨ましくとも自分は自分の方法でしか仕事はできない。

山崎は翌日、打ち合わせブースに準備物を持ち込み、魚住八重の到着を待っていた。

「立花は、これから打ち合わせだったな」

荒木《あらき》が山崎の前を通り掛かり、足を止めた。

「まぁ色々あると思うが、魚住さんのことよろしく頼むぞ」

「はい。やれることはやってみます」

静かに目を伏せた山崎に、荒木は怪訝《けげん》そうな表情で顔を覗《のぞ》き込んでくる。

「どうした。今日は珍しく落ち着いているな」

「え?」

「不安な時は、いつもそわそわして落ち着かないだろ、おまえ。それに魚住さん相手に悩んでただろ」

「そ、それは腹を括《くく》ったというか、なるようになれと言いますか……」

山崎は首筋を指で掻《か》き、曖昧に誤魔化した。

「まぁ、なんだ。今までは魚住さんの過去の実績で、ある程度のことは目を瞑《つぶ》ってきたが、ここらが分岐点だな。彼女があのままなら担当を替えても同じこと。俺は一切、替える気はないからな、これ以上」

「え?」

ポケットからフリスクを取り出し、荒木は数個口に放り込んだ。ガリ、ガリとかみ砕きながら、言葉を続ける。

「俺は面白い作品を世の中に出したい。それには俺ら出版側の努力も必要だが、作家の努力も必要だ。……立花。今回、彼女に妥協を許すな。おまえは少し、心を鬼にすることを覚えろ。何度も言うが、相手の顔色ばかり窺《うかが》ってたら良《い》い作品は作れねえぞ。強く踏み込むことも覚えろ。無理だと思ったら突き返せ。喚《わめ》くなら放っておけ、彼女がそれまでの人間だってことだ」

荒木は迫力の篭もった笑みを山崎に向けると、片手を振って立ち去って行った。ミントの香りが、僅かに鼻に残る。

(編集長は、魚住八重を今回の仕事の出来次第で切るつもりか)

立花は相手の顔色ばかり窺っているわけではないと思うが、相手に手厳しくできる性格ではないだろう。頑張って応戦してみるものの、相手の迫力に負けて、後からいじけるタイプである。

(まあ、俺からしたらどうでもいいな)

仕事は仕事。時には心を鬼にしなければならないことがある。ただ、それだけ。

腕時計に目をやり、そろそろ彼女が来る頃合いだと山崎は姿勢を正した。

魚住は黒のロングスカートに、白のニット、足元はヒールのあるブーツ。目は切れ長で、髪を内にくっきりと巻いている。綺麗《きれい》であるが、性格がきつそうだ。というより、意志が強そうである。

「本日はご足労いただきありがとうございます」

「別に。いつも外じゃ悪いし」

魚住はにこりともしない。彼女は椅子に腰かけると前髪を掻き上げた。立花から聞いていた通りの印象だ。

「プロット、どうだった？　あと、担当替えの話は？」

　彼女から話を切り出してきた。山崎は黙ったままタブレット端末を操作し、彼女が提出したプロットに、自分が指摘点を書き込んだものを表示させた。

「正直に言わせていただきます。これでは、魚住さんが望む結果は出せないでしょう。あと、担当替えはしばらく保留だそうです」

　一瞬にして魚住の顔が気色ばんだ。

「なによそれ……！　それが作家に対する物言いなの⁉」

　甲高い声がブースに響いた。だが、山崎は動じない。

「あなたは立……いえ、わたしに仰いましたよね。前作の発行部数が気に入らないと」

「ええ、言ったわよ」

「おそらく、このままだと同じ結果になります。今回のプロット、流行《はや》りの要素を詰め込んだだけで面白くありません。確かにこの手の後宮物は流行っていますが、あなたのプロットではオリジナリティが感じられません。なにより、作品に込める熱量も足りない。この程度のものならネット小説で溢《あふ》れてますよ。とりあえず書いた、みたいなものは不要です」

　すると魚住は柳眉を逆立てた。勢いのままその場に立ちあがる。

　かなり頭にきているな、と自分が怒らせておきながら、山崎は静かな目で彼女を見上げた。立花はこの態度にやられて委縮し、悩んでいたのか。確かに彼女の場合は、魚住のペースに巻き込まれてしまいそうだ。

「な、んなのよ……！　荒木さんを、編集長を呼んで！　あなた、気に入らなかったのよ！　この前も言ったわよね、作品を書く作家の意見を無視するのかって！」

「なら、逆に伺います。作品をあなたと一緒に作る、編集者の意見を無視されるんですか。そうやっていつまでも吠《ほ》えて噛《か》みつくから、同じ道を辿《たど》ることになるんじゃないですか。自分が気に入らないものを排除してばかりでは、いつか裸の王様になりますよ」

みるみるうちに、魚住の顔が怒りで赤く染まっていく。だが、激しい怒りが渦巻く目の中に何かが揺らめいている。彼女自身が何かを怒りで隠しているような、否定しているような。山崎はそれを見極めようと、目を細めた。

怒りの底にある暗澹《あんたん》とした何か。もしかして、彼女は怯《おび》えているのか。いや、怯えているだけではない。懊悩《おうのう》、困苦、諦めといった感情が、糸のように複雑に絡まり合って、身動きが取れなくなっているような気さえする。

探るような山崎の視線に気づいた魚住は、逃げるように目を逸《そ》らした。

（……これは、どうするべきか）

山崎は思い悩むが、とにもかくにもまずは対話だ。彼女のペースに巻きこまれてしまえば、彼女が思い悩んでいることすら見えてこない。探るしかない、彼女の真意を。

山崎は「冷静に話をしましょう」と仕切り直し、床に置いていた紙袋から数冊の本を取り出した。机の上に積み上げていけば、それが何であるかを理解した魚住が顔を顰《しか》めた。

「……なによ、それ」

「今までのあなたの作品です。この一週間で全て読みました」

「全て⁉」

山崎が目に隈《くま》を作っていた理由がこれである。入れ替わって一週間で、全作読破した。魚住を知るために。

「おかけください。今から述べるのはわたしの感想と、推察です」

山崎は真っすぐに魚住を見上げた。眼差《まなざ》しに、有無を言わせない圧を込めて。

魚住は片眉をピクリと動かし、視線を合わせないようにして腰を下ろす。

「あなたの作品は、初期が一番面白かった。無茶なところはありますが、オリジナリティがあるし、何よりキャラクターが生き生きとしている。物語にも深い奥行きがある。作品に火がついて、アニメ化になったのも当然だと思います。けれどもそれ以降、どうにも世の中に溢れている作品と大差がない。文章の書き方、心理描写は群を抜いていると思いますが、特にストーリーに魅力を感じません」

ぐっと、魚住が顎を引いた。心当たりがあるのか、彼女は悔し気に唇を噛みしめる。

山崎は畳みかけるように言葉を続ける。

「読者が面白いと思う作品でなければ、本は売れません。面白さが、彼らに伝わらなければ意味がないんです。それは、長年続けて来られたあなたが一番分かっているんじゃないでしょうか」

すると魚住は、両の拳を握りしめて俯《うつむ》いた。

「……ってるわよ」

喉の奥から絞り出すような声を漏らしたと思ったら、

「分かってるわよ、そんなこと！」

次には、握りしめた拳を机に叩《たた》きつけた。

「だから、流行りのものを取り入れているんじゃない。売れるものを作りたいと思って、何が悪いのよ！」

激しい怒りを全身から迸《ほとばし》らせ、魚住が声を上げた。山崎は魚住の言葉に、意表を突かれて瞠目《どうもく》する。

「売れるものを作る、ですか」

「それが理想でしょう!?」

さも当然のように返され、山崎は口を噤《つぐ》んだ。

彼女の言うことは間違っていない。自分とて売れるものを作るべく、仕事をしてきた。

それが作家のためだし、自分のためでもあり、編集部のためでもある。

今回とて、魚住のためと思って色々と準備してやってきた。

だが、本当にそれで良いのだろうか。今から自分がやろうとしていることは、作家を無視して、自分の考えを押し付け、そこそこのものにまとめることに他ならないのではないのか。

ふと、柿崎と走り出した、立花の嬉《うれ》しそうな笑顔を思い出した。

「……売れるものって、何なんでしょうか」

「は？」

山崎は、自問自答するように呟《つぶや》いた。

「自分も、売れるものを作るべきだと思います。それは揺るぎない信念のようなもの。でも、それは後から結果としてついてくるものでもあって……」

「何が言いたいわけ？」

何が言いたいのだろう。自分で思考がこんなにも纏《まと》まらないのは珍しい。おそらく立花の影響で迷いが生じたのだ。売れるものを作るために考え準備してきたものが、本当に魚住にとって良いことなのか、分からなくなってきた。

売れるって、そもそもなんだ。作家たちが書きたいと思うものを心から書けた時にこそ、結果として顕著に表れるのではないのか。そのためにはまず、魚住を理解することから始めるべきなのではないか。

山崎は積み上げた文庫本を眺めた。そして口を開く。彼女の過去の作品を読み、感じたことを伝えるために。

「魚住さん。あなたはご自身が書きたいものを、書いていますか」

魚住の息が、一瞬止まった。

「なによ、それ」

「原点、というやつですよ」

山崎は、過去に一番売れた彼女のデビュー作の一作目を手に取る。

「この『妖の庭』の一巻目。デビュー作で拙い書き方ですが、これが一番面白かったです。ストーリーが二転三転し、最後のどんでん返し。それに各キャラクターがしっかりと作りこまれていて、わくわくさせるんですよ、読者を。たぶん、書いているあなたも同じ気持ちだったんじゃないですかね」

魚住は山崎が手にする自身の著書を見つめていたが、何かに耐えきれなくなったように、ふいと視線を逸らした。

「でも、このシリーズが終了してからの作品は、正直に言って面白くないんです。読者に媚《こ》びた作品、と言えばいいのでしょうか」

「媚びる、ですって」

「ええ。先程あなたは言いましたよね。流行りものを取り入れ、売れるものを作りたいと。

でもそれって結局、読者に媚びる作品を書いているだけなんですよ。もちろん、媚びることは良いことです。世間が求めている面白いものを提供することも、一つの手ですから。でも、そこにあなたの熱意が感じられない。作品を書くことが義務になっているかのようです。だから質問したんです。あなたが本当に書きたいものを書いていますか、と。このデビュー作のように」

山崎が手にしている本に、魚住はおずおずと手を伸ばした。山崎は彼女に手渡す。受け取った彼女は、本をパラパラと捲《めく》った。その顔には苦悩の色が浮かぶ。

「売れるものを作りたいと、あなたに言われて気づいたんです。自分も同じ考えですが、魚住さん自身が作りたいものを作らないで、どうやって売れるんだろうって」

しじまが二人を包んだ。掛け時計の秒針だけが、乾いた音で時を刻んでいく。

「……あなた、年は幾つ？」

突然、魚住が山崎に尋ねた。

「え？　確か、二十七です」

あいつがわんわん泣きながら、絡み酒をしてきた日を思い出す。もうすぐ二十八だと連呼していたはずだ。山崎の答えに、魚住は微《かす》かに笑った。

「なんで〝確か〟なのよ。まだ若いんだから、自分の年くらい覚えてなさいよ」

「はぁ」

そう言われても、中身は立花でなく自分なのだから仕方がない。

「本当にのんきよね、あなた。……そっか、二十七か。のんきだし、自信なさそうにおどしてるし、正直もっと下だと思ってた。でも、それだけずけずけ物が言えるなら、年相応ね。……確かわたしが売れなくなったのも、その頃だったかしら」

魚住は手にした本を閉じた。小さな文庫本なのに、なぜか重々しいものを持っているように見えた。

「久々に手に取ったわ、この本。今まで見ないようにしてたから」

「どうしてですか」

魚住は苦々しい笑みを浮かべると、扉のガラス部分を通して、外の廊下に目をやった。

廊下の壁には、勢いに乗っている作品の宣伝ポスターが貼られている。

「このシリーズが終わってから、それ以降の作品は全く売れなくなったから。正直、何を書いていいのか分からなくなって。ただ頭の中にあるのは、売れなきゃいけないってことだけ。この作品を超えないといけないって思ってしまう。でも、売れる作品が書けない。……同じ時期にデビューした砂羽にも、面白くないと一刀両断された。そんな砂羽をはじめ、わたしよりも売れていく作家がどんどん目につく。勢いのある新人も出てくる。初めはわたしのほうが売れていたのに、自分だけが後退していく。取り残される。この業界は売れなきゃ意味がない。だから、それなりに人気のありそうな要素を盛り込んで書いていればなんとかなる、いつの間にかそう思うようになったわ」

魚住の声がいつしか震えていた。本を握りしめる指先に力が篭もる。ふと、山崎は魚住の顔を見た。彼女は眉根を寄せていた。涙を堪えるかのように。

「熱量が足りない、か……。その通りね。本当、腹立たしいくらいに。本心を、見透かされたようだわ。……もう、わたしは潮時なのかしらね」

魚住は俯き、沈んだ声で呟いた。山崎は一度瞼《まぶた》を伏せてから、魚住を見つめた。

「なら、潮時にしましょうか。こちらは構いませんよ」

引導を渡すような台詞《せりふ》に、魚住は弾《はじ》かれたように面を上げた。その目には淋《さみ》しさ、焦りが渦巻いている。まるで、大切な玩具を取り上げられた子供のような表情だ。だが次には、返せとでも言うように強い闘志が瞳の中に篭もっていた。

彼女はまだ書ける。彼女の中にある作家としての熱意の火は、弱々しくあるものの、消えてはいない。山崎は、ふっと吐息で笑った。

「未練たっぷりですね。……結局、あなたは書くしかないんですよ。作家をやめられない」

魚住の唇が強く引き結ばれる。山崎は彼女の手から本を抜き取った。

「何か、書きたいもののイメージはありませんか」

「……分からないわ。書きたいもの、と聞かれて余計に分からなくなったもの」

「それは、すみません」

「いいのよ別に。……ただ、本当に真っ白な状態になったから、何か、別のことにチャレンジしてもいいのかなとは、思う」

「なら、一つ提案があるのですが」

「何？」

首を傾《かし》げる魚住に、山崎は自分が準備してきた考えを彼女に示す。今の彼女なら、良い方向に持っていくことができるかもしれない。

「一度、ファンタジーから離れてはどうですか。現代ものを書いてほしいんです」

魚住は驚き、目を大きく見開いた。

富田文庫で売れている女性向け小説の半数以上は、ファンタジー作品だ。漫画ならともかく、現代を舞台とした作品が売れることは、そう簡単ではない。

「現代ものを書けっていうの？　無理よ、書いたことがないもの」

「でも、最近のあなたのファンタジー作品には魅力がありません」

「……あなた、本当にずけずけと言うわね」

「この際はっきり言わせてもらいますよ。あなたがこのデビュー作を書かれたときは十代。今は三十代。考え方に変化があって当然です。ファンタジーを構想するにあたって、想像力に変化があってもおかしくないですよ。あなたは妙に現実主義だから、あなたが書く本の中にもそれが表れています。なんというか、ファンタジーにそぐわない部分があると言いますか」

魚住は虚を衝《つ》かれたような表情になった。

「あなたのツイッターとブログも拝見しました。政治のこと、時事問題、法律にもお詳しいですよね。ご家族の方が弁護士なんでしたっけ」

「……あなた、どこまで見てんのよ」

「担当になったんで、ちゃんと見ますよ。担当する作家さんがどんな人か知っておかなければ、アシストできませんから。あなたなら、現代を舞台にした作品を書けそうだなと思いまして。うちの文庫では、書く人が少ないですから」

「ならなおさら、需要があると思うの？」

「チャレンジする価値はあると思っています。読者層は主に二十代から五十代と幅が広い。今から恋愛して結婚する人もいれば、独身でキャリアを積んでいる人も。結婚して子育てが落ち着いた人もいれば、離婚して新しい生活を送っている人もいる。若い読者層には受けが良くないかもしれませんが、開拓の余地はあると思っています」

魚住は顎に指を添え、考え込んだ。

「確かに、できなくはないと思う。本があまり売れなくなって、家の簡単な仕事を手伝っていたからネタはあるわ。――わたしが書きたいもので、いいのね。仕事ものになるわよ、恋愛はおまけくらいの。どうなっても知らないわよ」

「大丈夫です。ありきたりな、下手な恋愛ファンタジーを書かれるほうが困りますので。それに、お……わたし、恋愛ばかりの作品は嫌いなので」

「あなた、本当に生意気。やっぱり気に入らないわ」

魚住はそう言いながら、顔にかかっていた前髪を掻《か》き上げた。しかし言葉とは裏腹に、彼女の表情は清々《すがすが》しいものだった。そして彼女は笑う。まるで山崎に宣戦布告するように。

ああ、きっと彼女は書き切るんだろう。新しい作品を。彼女の熱意の火が、音を立てて燃え始めたのを、山崎は瞭然と感じた。


その後、時間をかけて腹を割って話し合い、彼女をエレベーターまで見送る。

「お、今帰りか」

「……荒木編集長」

会議を終えた荒木がエレベーターから出てきて、山崎と魚住の前で足を止めた。

魚住、そして同期の砂羽のデビュー作は、荒木が担当したという。

荒木は、顎に手を添えながら魚住の顔をまじまじと見つめた。

「これからも、書くのか」

魚住の覚悟を問うような言葉だった。魚住は視線を逸《そ》らすことなく、真っ向から挑む。

「はい。書かせてください」

荒木は意外そうに目を瞠《みは》り、ニッと口端《くちのは》を持ち上げた。

「ふうん。ま、いいんじゃねえの。ただし、ここからが正念場だぞ」

「分かっています」

「ならいい。おまえが変わろうっていうなら、前に進めるように、いい本を教えてやるよ」

「本ですか」

「ああ。茨木《いばらぎ》のり子の〝自分の感受性くらい〟っていう詩を読んでみろ。おまえの場合は身に染みるだろうが、その分糧にすればいい。きっとおまえを奮い立たせる」

そう言うと、荒木は「お疲れさん」と大きな手を振って編集部へと戻っていった。

山崎もどんな詩なのか気になって、魚住を見送った後に調べてみる。

詩は鮮烈だった。

己を叱咤《しった》し、奮い立たせ、前に進めと、見えない手で背中を大きく叩《たた》かれるような。飾らない言葉が心に鋭く突き刺さり、けれども愛情をもって、激励されているような詩だ。

その時なぜか思い出したのは、夕日が差し込む教室と、そこで夢を語り合った一人の少女だった。

「え！　じゃあ、一から新しいプロットを書いてくれるんですか、魚住さん！」

　花金の夜。山崎は自転車に乗り、その横では立花がジョギングしていた（取り決め八条参照）。そして猫のノノが、自転車のかごにすっぽりとおさまっている。二人で家を出ようとしたら、自分も連れて行けと訴えているのか、みゃあみゃあと鳴いて煩《うるさ》いので連れてきた。自転車の振動で酔ってもおかしくないのに、どこか満足げな顔つきである。

「ああ。そうらしい」

「しかも現代もの！　ものすごく楽しみ！　一体どうやって書いてもらうことになったんですか？」

　走りながら、立花は山崎に問いかける。

「彼女の著書を全作読破した。それで、ファンタジーに魅力を感じないから現代ものを提案したまでだ。あとはツイッターやブログで彼女の性格を分析した」

「全作読んだんですか⁉」

「ああ」

　すると、立花が不貞腐《ふてくさ》れたような表情でじとりと睨《にら》んできた。

「なんだよ」

「……別に」

「は？」

「別に、なんでもありません。自分が情けないだけです」

気落ちした声で呟《つぶや》き、彼女はさらにペースを上げた。その背中は、不甲斐《ふがい》ない己に腹を立てているようにも見える。仕方がない、と山崎は彼女の背中に声をかけた。

「……あのな。今回話が進んだのは、おまえのおかげだ」

「はい？」

「おまえがきっかけで、彼女と腹を割って話が……彼女の本音に触れることができた。だから、おまえはもっと堂々としてろ」

礼を兼ねて伝えたつもりだったのだが、鈍い彼女は眉を顰《ひそ》める。

「意味が分かりません。あれだけ関係拗《こじ》れたのに、堂々となんてできるはずないじゃないですか」

「おまえ、普段勘は良いのに、こういうことには鈍いよな。特に自分のことに関して」

立花が察するには言葉が足らなかったか。だが、これ以上説明してやる気はない。山崎は呆《あき》れたように嘆息した。

「え、結局馬鹿にしてますよね」

「してないっての。それよりおまえさ、編集者を目指した理由って何なんだ」

「なんですか、唐突に。次から次へと、意味の分からないことばっかり。走りながら答えるの、大変なんですよ」

「今回の件で、少し気になった」

立花は怪訝《けげん》な顔をして足を止めると、額に滲《にじ》む汗を手の甲で拭った。荒い呼吸を落ち着かせながら、立花は公園のベンチに腰掛ける。吐く息が、きりりとした冷えた空気に溶けていく。

「理由……。そうですね。単に苛《いじ》められてた、からですかね」

「──は？」

予想外の台詞が返ってきて、山崎は反応に遅れた。

「幼い頃、わたしって自分の意見をはっきり言えなかったんです。あがり症で、周りの目が気になってもじもじしてるっていうか」

「……おまえが？」

疑いの目を向けると、立花は頬を膨らませた。いや、だからその顔を俺の姿でするなっていうのに。

「信じられないでしょうけど本当です。周りから揶揄《からか》われて、人目がどんどん気になる悪循環になって。仲良かった友達からもハブられて、放課後は人目を避けて図書館に通い詰めてました。でも、そこで出会った司書さんがいつしかわたしを気にかけてくださって、おすすめの本を色々と教えてくれたんです。その中で出会った一冊の本が、勇気をくれたっていうか。ああ、自分は自分でいいんだなって。それで、ちょっとずつ人目が気にならなくなって。ある時、わたしを揶揄ってきたクラスメイトに、勇気を出して大きな声で言い返したら、驚いたのかビビって逃げていっちゃって。可笑《おか》しいのなんの。それからですね、人前で緊張しなくなったのは。なんか、憑《つ》き物《もの》が落ちたっていうか。あ、話が逸れてしまいましたが、人の背中を押すというか、心に残る本を世の中に出す仕事に就きたいなぁと思って、編集者を目指しました。で、なんですかこれ。面接ですか」

自転車のかごから水筒を取り出し、渇いた喉を潤す立花に、山崎は「ふうん」とだけ応えた。

「こっちは真面目に答えたのに、なんですかその反応」

「いや……。今日、仕事の原点の話になって、ちょっと考えさせられただけだ」

「じゃあ、山崎さんの原点ってなんですか」

「それは……。ただ、本が好きだったから。あとは……約束」

雫《しずく》のように零《こぼ》れ落ちた最後の呟きは、寒風に掻き消された。

「最後、なんて言いました？」

「いや、なんでもない」

山崎は首を振った。自転車のかごの中では、ノノが夜空を見上げている。雲一つない夜空には、真ん丸とした白月が浮かんでいた。

「あ、そういえばショートメッセージが届いてましたよ。詳しく見てませんけど」

立花は思い出したように言うと、ランニングジャケットのポケットから、スマートフォンを取り出して手渡してきた。

「ショートメッセージ？　どうせ怪しいやつだろ」

山崎は訝《いぶか》しげに、画面をタップしてメッセージを確認する。すると、意外な人物からメッセージが届いていて、山崎は目を瞠った。

再び風が吹き、落ち葉が宙を舞う。

（このタイミングで連絡が来るのか。――彼女から）

彼女が結婚するということは、同級生からの風の噂《うわさ》で知っていた。

突然のご連絡ごめんなさい。

お元気でしょうか。

本当に、連絡すべきかすごく迷ったんだけど。

その、私事ですが、結婚のため渡英することになりました。

でも渡英する前に、どうしても一馬《かずま》と会って話がしたいと思って、連絡しました。

今でも勝手なことを言って、ごめんなさい。

借りていた本を、返したいこともあって……。

返信、待っています。／真琴《まこと》

山崎は読み終えると画面を消した。

彼女は——真琴は、中学から高校まで付き合っていた女性だ。

今更会ったところで、何を話せと言うのだろうか。かつての不甲斐ない自分を思い出すだけなのに。スマートフォンを、山崎はいつの間にか強く握りしめていた。

「迷惑メールだったんですか？」

「いや……。古い友人が、結婚するらしい」

「へぇ、それはおめでたいですね」

「……だな」

山崎は自転車に跨《また》がったまま、複雑な心境で頷《うなず》いた。

そもそも、入れ替わった状態では会うことも、電話で話をすることもできない。メールが限界だろう。

山崎は嘆息し、話題を変えることにする。

「そういや明日、おまえ仕事入ってんのか」

「いえ、特には」

「なら、おまえの家を掃除しにいくぞ。もし何かあった時、あの汚部屋で過ごせる自信は俺にはない。それにそろそろ、春服も準備しておきたいしな」

するといく面倒くさそうな表情をした。

「しかもおまえ。俺の知らないうちに、家から余計なもの持って来ただろ。美顔器なんて俺は使わないし、鞄《かばん》は二つあれば十分だ。あと、ぬいぐるみも持ち込むな。ほこりを被《かぶ》るだけだ。全部持って帰れ」

「……めざとい」

「俺が部屋の掃除してんだから気づくに決まってんだろ。いいか、あとこの間土産にもらった酒も持って帰れ。リビングに飾るくらいならさっさと飲め」

「ああもう、分かりましたよ。ちゃんと持って帰りますから！」

もう一度頬を膨らませる立花に、ノノが面白そうに鳴いた。

「……え」

閑話

「さっさと働け。迷うな、捨てろ」

「分かってますよ」

玲子《れいこ》はゴミ袋を片手に、監督官である山崎《やまさき》の下、せっせと掃除に取り組んでいた。二人が今いるのは玲子の家である。春服を取りに来たついでに、放置したままの部屋の大掃除をしているのだ。一月に二人が入れ替わって現在二月。ひと月が経過しようとしていた。

「おまえの部屋は、なんでこうも物が多いんだ」

マスクにゴム手袋、エプロンを装着した山崎が、はたきで埃《ほこり》を落としつつ、責めるような口調で玲子に言う。

「だって捨てられないし。それに普段使うものは出しっぱなしでいいかなあって。あ、言っときますけど、ちゃんと洗濯してますからね。ただ、片付けができないだけです。それに生ごみだって、こまめに捨ててたし」

「当たり前だ。おまえの綺麗《きれい》はどんな定義だよ」

「足の踏み場があれば綺麗かと」

「アホか」

「いたっ」

転がっていた靴下を投げつけられ、玲子は恨みがましく山崎を睨んだ。

「暴力反対」

「汚部屋反対」

すぐさま言い返され、玲子は靴下をむんずと摑《つか》んでゴミ袋に投げ入れた。

「大体、同じような服が多すぎるだろ」

「デザインは少しずつ違います」

「いちいちうるさい。さっき選んだもの以外は全部捨てろ」

「分かってますよ」

断捨離命令が山崎から下り、クローゼットから溢《あふ》れた服を全て出し、季節ごとに仕分けた上で、その中から厳選した服以外はゴミ袋行きとなった。まあ確かに、着用していない服が多いことは認めよう。けれども、一度買ったからには簡単に捨てるのは勿体《もったい》なくて。

「勿体ない」

玲子の口から、勝手に言葉が零れ落ちる。すると山崎に、はたきの先端を向けられた。

「あのな、一着購入したら一着手放すことを覚えておけ。それができないなら新しいものは買うな。溜《た》まっていって終《しま》いにはお蔵入り。あるのに存在を忘れて使用しない。そっちの方が勿体ないわ」

　正論にぐうの音も出ない玲子は項垂《うなだ》れ、大人しく部屋を片付ける。なんというか、親に怒られている気分である。

　てきぱきと動いていく自分の姿。仕事以外で、ああもてきぱき動いたことはないかもしれない。はたきを持つ山崎の姿に、玲子はしみじみと呟《つぶや》いた。

「山崎さん、いいお母さんになれそうですね」

「気色悪いことぬかすな」

「でも、意外と面倒見いいですよね」

「俺の身に火の粉が降りかかってんだ、そりゃそうなるだろ。大体おまえ、このまま元に戻らなかったらどうする。いつまでも一緒に暮らすわけにはいかねえだろ。俺はこの部屋で、おまえとして生き続けなきゃいけないかもしれねえんだぞ。……おい、なんだその顔。今、大問題に気づいたのか」

「山崎さんとして暮らすことで精いっぱいで、忘れてました」

「本当に能天気だな。さすがに引くわ」

「はい、自分でもそう思います。どうしましょう」

「それが分かったら苦労しない。何が原因なんだ」

「……やっぱり、あの日のわたしが山崎さんに絡み酒をしたのが悪かったのかも。ほら、不幸が特大の不幸を引き寄せたんですよ」

「確かにおまえが詐欺師なんかに引っかからなければ、あの日、俺はおまえに絡まれることはなかった」

「ですよね、本当にそうですよね。……慎太郎《しんたろう》のせいかも」

玲子はゴミ袋の口を括《くく》り、部屋の隅に移動させるために立ちあがった。

その際、床に転がっていたテレビのリモコンを足で踏んづけてしまい、電源がONになった。埃を被ったテレビの画面には、〝先取☆春のスイーツ特集〟とテロップが打たれた番組が映し出される。江古田《えこだ》にあるカフェで、人気アナウンサーが中継で取材をしているようだ。苺《いちご》と抹茶のケーキに、苺とベリーのスムージー、さくらのモンブランとどれも可愛《かわい》くて美味《おい》しそうだ。

そういえば、山崎と体が入れ替わってからカフェにも行けていない。

久々にケーキを食べたいが、食べたら最後、太るだなんだと長距離を走らされるに違いない。普段の食事はインスタントで済ませていたくせに、嗜好品《しこう》には厳しい男である。

画面を食い入るように眺める玲子に、山崎が手に持っているはたきを突き付ける。

「手を止めるな、さっさと動け」

「山崎さんと入れ替わってから、カフェに行けてません。今、食いだめならぬ見だめをしておきます」

「おい、涎垂《よだれ》れてるぞ。頼むから俺の体でやめろ」

「じゃあ一つくらい食べさせてください。このまま食べさせてくれないなら、店の外からべったりとガラスに張り付いて、店内を眺める不審者になります。それでもいいですか」

「どんな脅しだ。さっさと画面消せ、煩悩を追い払え」

「煩悩なければ人にあらず」

「おまえ、本当にいい加減にしろよ。うまいこと平家物語みたいに言ってんじゃねえよ」

「出た、暴君監督官……あ、分かりましたって。やめてください。はたきを投げようとしないでください。はたきは投げるものではありません。ほら、ちゃんと画面消しますから」

と、そこで玲子は硬直した。テレビの画面に、目を疑う光景が映し出されていたからだ。

「おい、さっさと消せって——」

「や、山崎さん！　大変です！」

玲子はリモコンを放り投げた。そして床に膝をついてテレビの両端を摑み、これ以上ない程画面に顔を近づけた。玲子の視線の先には、カフェの四人席でお茶をしている二人の男女がいる。問題は、その男である。

「慎太郎が、慎太郎が映っています！　それも女と!!」

「慎太郎って……ああ。おまえがまんまと引っかかって、行方をくらました詐欺師か？

俺を巻き込んだ全ての元凶だな」

「そうです！」

「おい、どけ。……へえ、確かに顔はイケメンだな」

「でしょ⁉ 引っかかるでしょ⁉」

「虚《むな》しいことを威張るな。――で、どうすんだ？」

「え？」

山崎は両腕を組み、テレビに向かって顎をしゃくった。

「この二人、見たところ注文をしている最中だ。ここから江古田まで二駅、すぐに着く。おまえ、このまま泣き寝入りする気か？」

駆け付けて、慎太郎を問い詰めなくてもいいのか、と山崎は言いたいのだろう。

玲子は気まずそうに山崎から視線を逸《そ》らし、両の人差し指の腹を擦り合わせた。

「それは……。でもまぁ、高い授業料だと思えば……」

「アホか、五十万円は大きいだろ。大体おまえは悔しくないのか、このままで」

悔しい……のだろうか。悔しいというよりも、悲しさの方が大きかった。その後は山崎との入れ替わりで、振り返る余裕もなかったし。――そして何より。

「だって今、わたしと山崎さんは入れ替わっているんですよ」

彼を問い詰めようと思っても、今、自分は山崎の体である。

「だから、俺がわざわざ出向いてやるって言ってるんだよ」

「え!?」

「おまえだと相手を前に、言いくるめられてたいした戦果を挙げられそうにないからな。ま、だからこそ引っかかったんだろうけど」

「う……」

ごもっともである。あの子犬のように可愛らしい顔にお願いされると、ついつい言うことを聞いてしまう……いや、聞いてしまいそうになるのである。

「言っておくが、おまえも同行しろよ」

「えぇっ」

「俺は事情を表面しか知らないからな。俺が先陣を切るが、フォローはおまえがしろ。いいか、顔に騙《だま》されるなよ。相手は詐欺師だ。相手を真っ二つにぶった斬る覚悟で臨め」

「い、戦」

「そういうことだろ。どうすんだ、おまえが決めろ。おまえが行くなら協力してやってもいい」

山崎から強い視線を投げられ、玲子はたじろいだ。

正直なところ、慎太郎の件はもう忘れようとしていた。いや、騙された事実を認めたくなくて、自分に忘れろと言い聞かせているというか、現実逃避していただけなのだが。

（でもさ、やっぱり詐欺は詐欺だし。お金は返ってこないかもしれないけど、ちゃんとけじめはつけないと……だめだよね。それに五十万円あったら、ブランドバッグ一つ買えるんだよ。海外旅行だっていけるんだから）

玲子はぐるぐると悩んだ挙げ句、その場に立ちあがった。そして入れ替わりの前夜、山崎と訪れた店でもらった酒の小瓶を開封する。玲子は直接口をつけ、ぐびっと飲み始めた。

「おい、おまえ何して――」

小瓶なので百ミリリットルほどである。それを半分ほど飲み、残りを呆然《ぼうぜん》としている山崎へと突き付けた。

「はい！」

「は？」

「出陣前に気合いをいれるんですよ、山崎さんも！」

「いや、絶対に要らん。おまえの飲みさしなんて」

「こんな時まで潔癖症！　もういいです、わたしが飲んでいきます！」

「勝手にしろ。飲むのは勝手だが、泣き上戸になんなよ」

「分かってます。エンジン全開で行きますから」

玲子は目を据わらせ、残りの酒を飲み干した。食道から胃にかけて、カッと熱を持つ。

そして二人は、急いで江古田のカフェへ向かうことになったのである。

「あ、あの——……。お連れのお客様、ご注文は」

「ホットコーヒー」

「お、俺も同じもので」

玲子は山崎と共に、テレビで中継していたカフェに到着した。すでに取材は終わっており、テレビ陣は店内にはいない。

そして玲子と山崎の目の前には、慎太郎と愛らしい若い女性（名前が分からないので彼女Xとする）がいる。彼女Xは、おそらく二十代前半とみた。肌の張りが違う。

山崎は店内に入るなり、先に連れが入っているんですけど、と言って彼ら二人の席へ強引に押しかけた。

玲子の姿（中身は山崎だが）を認めるなり、慎太郎は大きな目をさらに大きく見開き、顔面を蒼白《そうはく》にさせて固まってしまっている。

ああ、慎太郎だ。驚いた顔も可愛い……と思ってしまいそうになる自分を内心でぶちのめす。違う、今は心を鬼にするんだ。こいつは結婚詐欺師。

「お久しぶり」

山崎はにこりと微笑《ほほえ》んだ。笑顔の圧が怖い。自分の顔で、ここまで他者に圧をかけられるのかと、玲子はひやひやしながら見守るしかない。

「え……っと」

「横にいるのは彼女さん、かな？」

かな？　の語尾がずっしりと重い。

「えっと、慎ちゃんの知り合い？」

慎ちゃんね。某アニメの主人公と同じ呼び名だから、その呼び名は恥ずかしいと言っていたのに、彼女Xには呼ばせているのか。

「え、あ、う、いや、その」

「ただの知り合いです。年末に結婚の約束をしただけの」

「え!?」

どもる慎太郎に、山崎は笑みを無駄にキラキラとさせた。彼女Xが、真っ青な顔の慎太郎を凝視した。

「ち、違うんだ。その、誤解じゃないかな。その、人違い……」

「誤解？　人違い？　何が？　これ、当時のメール内容なんですけど。お二人とも見ますか？　これ、五十万円渡した後のあなたからのメール。〝ちゃんと預かったよ。結婚楽しみだね〟って。あと、これはこいつ……いや、わたしが隠し撮りしたあなたの写真。撮影場所の死ぬほど汚い部屋は、わたしの部屋。これ、どうみてもあなたよね。首元に黒子《ほくろ》あるし、あなたと同じ」

山崎が玲子のスマートフォンを取り出し、画面を目の前の二人に突き付ける。

「あ、それは、その」

「この後から連絡取れなくなって。ね？」

山崎が玲子に確認してきたので、玲子は小刻みに頷《うなず》いた。

「これってさぁ、詐欺よね」

「そ、そのっ。ちょっとスマホの調子が悪くて、連絡が、できなかったというか」

人違いという言い訳はやめたらしい。

「へー。その割には、さっきスマホでスイーツの写真撮ってたよね」

「えっ、とそれは」

「もしかして通信状態が悪かった？　横の彼女とは連絡取れてるのに？　ふーん、おかしな話。ちょっと無理な言い訳すぎない？　もう少しまともな嘘《うそ》はつけないのかなあ、慎太郎君」

山崎は笑顔で畳みかけていく。正直言って恐ろしい。目が全く笑っていない。でも、相手を追い詰めるのがどこか楽しそうである。

「ち、違うんだ」

「何が違うの？　往生際の悪い男ね。大事にされたくなきゃ、金返せって言ってんの。返さないなら、出るとこ出るけど。そもそもあなたに騙されなければ、色々と厄介なことは起こらなかったんだけど。——つまり、こっちは巻き込まれて本当に腹が立ってんだよ。

あとな、男が女泣かせてんじゃねえよ、このクズ野郎。馬鹿正直な女に付け込むな。おまえに何したっていうんだよ。こいつの優しさ利用してんじゃねえよ」

最後は素の口調に戻った山崎は両腕を組んで、慎太郎を真正面から強く睨《にら》みつけた。なんだか自分のイメージが随分とおかしくなってきたが、でも——。

(代わりに怒ってくれるんだ。口はめっちゃ悪いけど……。なんか、ちょっと感動かも)

そして山崎は鞄《かばん》からピンク色の用紙とボールペンを取り出し、慎太郎に突き付けた。

「金を返さないっていうなら、結婚する気でいいんだよな？　なにせ結婚準備金だったっけ。金返すか、その用紙に記入するかさっさと決断しろ」

ピンク色の紙は、結婚雑誌の付録でついてきた婚姻届だった。さっきの大掃除の中で見つけ、山崎が持ってきたのだ。

一方、言い返すことができず言葉に詰まった慎太郎は、婚姻届を力任せに丸めると、山崎を睨んだ。

「へえ。それがおまえの答えか、詐欺師」

「……うっさいな。返せばいいんだろ、この年増！　馬鹿だとは思ってたけど、口の悪い性悪女だったとは気づかなかったな」

開き直ったのか、慎太郎は態度を豹変《ひょうへん》させて嘲笑《あざわら》った。

その瞬間、玲子の額に青筋が浮かんだ。これが慎太郎の正体だったのか。

今までは騙されたショックが大きく怒りの度合いが少なかったが、さすがの玲子も怒りのスイッチが入る。怒りが久々に沸点に達したからか、酒を飲んできたからか顔が火照り、なんだか眩暈《めまい》もしてきた。

（あれ。わたし酔っぱらってる？　それともプチンと血管切れた？）

ぐるぐると視界が回り、激しい頭痛が玲子を襲った。――だがそれは一瞬のことで、すぐに消えた。

とにかく目の前にいる、悪びれた様子のない慎太郎に物申さなければならない。

玲子はテーブルを両手で叩《たた》き、その場に立ちあがった。

「人を騙したくせに謝罪のひとつもせえへん人間に性悪と言われる筋合いはございません」

「はぁ!?」

「せっかく顔がええのに勿体《もったい》ないって言うてんねん。無駄にええもん持って生まれたんやから、中身もちゃんとせんとあかんやん！　めっちゃ損してるわ！」

「……おまえ、結局顔は褒めるのか」

「だって山崎さん！……あれ、あれ？　え？　あれ？」

心底呆《あき》れる山崎に、言い返そうとした玲子であるが――。

その時、二人は互いに気づいた。

玲子が自身の体を見下ろせば、膨らんだ胸元、白い手、チェック柄のパンツにアイボリーのニット。

山崎が自身の体を見下ろせば、膨らんでいない胸元に、ごつごつとした手、ベージュのズボンに黒のニット。二人は言葉もなく目を見合わせた。そして――。

「「あーっ」」

二人は互いを指さした。どうしてか、二人は元の体に戻っていた。

「あ？　なんなんだよ、あんたら。うるせえな」

「おまえは空気読んで黙ってろクソ詐欺師。やっぱりおまえが不幸の元凶だったんだな」

「は、意味わかんないんだけど……」

「……嬉《うれ》しい。これで毎回、トイレとお風呂で悩まなくていいんだ。なら、さっさとお金返して。それで完全に元通りになるの。――あと。横の彼女にも、同じようなことしようとしてたんじゃないよね、慎太郎」

一人、事の成り行きを呆然と眺めていた彼女Xに玲子は視線を向けた。彼女Xは、毛先を内巻きにした清楚《せいそ》な女性である。すると、彼女Xはなぜか玲子に微笑んできた。悪意は一つも感じられない。それどころか、玲子に対して頭を下げる。

「ありがとうございます」

そしてなぜか礼を言われた。いや、普通はデートの場を滅茶苦茶《めちゃくちゃ》にした自分たちが怒られるのでは。

「実はこの人詐欺師なんじゃないかって思ってて。それが分かってすっきりしました」

「え？」

玲子は口をあんぐりと開けた。

「この人が教えてくれたマンション、偶然にも、わたしの友人と同じマンションなんですよね。そしてフロアまで同じ。でもそのフロアなんですけど、おかしなことに友人の会社が借り上げてるんですよね」

彼女Xの言葉に、慎太郎の顔が再び蒼白に戻った。

「やけに運命運命って言葉使うし、結婚を匂わせるし、そのくせ住んでる場所は不明。それにもらった名刺の会社に試しに問い合わせてみたら、そんな社員はおりませんって。あ、詐欺師だなと思って、色々と証拠を集めてる途中だったんです。どうにもギャンブル依存症みたいですね、この人」

彼女Xは微笑んだまま立ちあがり、水の入ったグラスを手に取った。そして何の迷いもなく、慎太郎の頭上にぶちまけた。店内がシン、と静まり返る。

「悪いことしたらちゃんと謝罪しないとね。あなたのせいで無駄にした時間は返ってはこないの。だからせめて、このお姉さんに五十万円くらいちゃんと返せるよね？　でないと今まで集めた証拠の数々、このお姉さんと一緒に警察に出しちゃうけど」

「ちょ、ちょっと待って。今はそんな大金——」

「へえ、大金って自覚あるんだ。それをこのお姉さんからとったんでしょ。返さないと犯罪だよね。クレジットカードは持ってるんだから、即日キャッシングでもいいから返せるじゃん。お金返す現場確認したら多少はスカッとするから、わたしはそれで許してあげるよ。話のネタにもなるし。どうする、それとも警察に行く？　過去に何件やってるの？　わたし、馬鹿な男には騙《だま》されませんのでご愁傷様」

可憐《かれん》に微笑む彼女Xに、慎太郎はついに押し黙って項垂《うなだ》れた。

そしてその後、慎太郎は玲子たちに街中にあるATMへと連行され、五十万円は無事に玲子の手元に戻ってきたのであった。


「おまえの男を見る目のなさがよく分かった」

「はぁ、ぐうの音も出ません」

取り返した五十万円と共に、玲子と山崎は帰路についていた。既に日は暮れかけ、青かった空は夕空に変化している。

「さっきの子、若いのにしっかりしてましたね」

「あれが普通だろ。まあ、少し迫力あって怖かったけどな。とにかく、おまえはしっかりしろよ。顔を拝むのはアイドルだけにしとけ」

「はい、深く反省します」

「けど、これで元に戻った。おまえの取り返した金で肉でも食わせろ。俺も一役買ってやったんだ。しかもおまえの部屋も綺麗《きれい》に掃除した」

「それはもちろんでございます。いいお肉を買ってステーキを作ります。そして明日にでも荷物をまとめて去ります」

「そうしてくれ」

するとその時、山崎のスマートフォンが鳴った。彼は画面を見たが、すぐには取ろうとしない。

「出ないんですか？」

「……いいんだ。また、後でかけ直すから」

ちらりと画面に見えたのは、〝真琴《まこと》〟という名前。しばらくすると着信は止《や》んだ。

山崎の眉間にはおなじみの皺《しわ》がある。けれども目には、いつもと比べて複雑そうな感情が浮かんでいる。きっと女性からだ。根拠はないが、玲子は直感的にそう感じた。

山崎はスマートフォンをズボンのポケットにしまい込むと、玲子の肩に肘をついた。

「わたしの肩は肘置きではございませんが」

「うまい神戸《こうべ》牛が食べたいな。あと赤ワインと」

「残念ですがここは東京です。神戸ではありません。スーパーのいい肉といいワインで我慢してください」

「なら神戸まで行って買ってこい」

「そんなこと言うなら、肉はこま切れにして、ワインはパックのものにしますよ」

「へぇ。なら、おまえの金半分寄越せ。俺の働き分だ」

「いちいち恩着せがましいですね！　いいですよ、肉屋の肉とワインショップのワインで！」

「それで手打ちだな」

「ええ、これで共同生活ごめんですからね」

「そうだな。おまえの面倒みるのも疲れきった」

——と、言い合った二人が迎えた翌日。

「なんでまた戻ってんだ‼」

「……やだ。もう、本当にやだ」

二人は再び、入れ替わっていた。

四話

戻れたと思ったのに、再び山崎《やまさき》と入れ替わってしまった玲子《れいこ》はどんよりと落ち込んでいた。

（なんで入れ替わるの。何がきっかけ？）

初めて入れ替わった時は、朝、目が覚めたら入れ替わっていた。次に互いの体に戻ったのは起きていた時だったし。一体何がきっかけでこんなことになっているのか。

自販機で買ったいちごミルクを飲みながら、玲子は自分の机で深いため息を吐き出した。

それにだ。男を見る目のなさは自覚していたつもりだったが（歴代を振り返って）、まさか本物の詐欺師だったとは。

一体自分は、いつになったら結婚できるのやら。というか、いつまともな彼氏ができるのだろうか。

もしかして、この体のまま一生を終えてしまうのか。ため息をついたら幸せが逃げていくというが、今は逃げていく幸せすらない。玲子はやさぐれた笑みを浮かべた。

今、編集部にいるのは玲子のみで静かである。珍しく、内線すらかかってこない。

編集長は会議で、自分の姿の山崎はサイン会の準備で書店へ、北川《きたがわ》は出張、重岡《しげおか》は外で打ち合わせ。新人の高森《たかもり》といえば内線がかかってきて、その後打ち合わせブースへと出ていった。来訪者があったのだろう。

時計をちらりと見る。十二時前か……。本日は弁当を持参してきていない。というのも、山崎から弁当は不要だと言われた。出先で食べるのであろう。一人分だけ作るのも面倒で、仕事も落ち着いているし久々に外食するかと、玲子は立ちあがった。

習慣とは恐ろしいもので、山崎との生活に慣れてきている自分に驚く。彼の分の弁当を準備することにも。がみがみ言われつつ、掃除させられることも。

山崎は意外と短気である。この間、取り込んだ洗濯物を畳まずにソファで寛《くつろ》いでいたら、頭上から洗濯物を落とされた。ひどい男である。

玲子としては、どうせ畳んでもすぐに着るのだから、洗濯物の山の中から取っていけば良いではないかと思うのだが、山崎は何にせよ、物が外に出ていることが気に食わないらしい。そのおかげで、彼の家はモデルルームのように綺麗である。ハンドソープまで収納している。おそろしい習慣である。

家なんて、寝るスペースと足の踏み場さえあればいいじゃないかと思っていたが、彼のような綺麗好きと暮らしてみれば、さすがに考えを改めさせられる。部屋の中が片付いていると背筋が自然と伸びるというのか、すっきりした気分になる。

それに整理整頓を心掛けていたら、家事の時短にもなっているし。きっと、日頃の習慣が仕事にも生かされているのだろうと、さすがの玲子でも分かる。

　玲子も山崎を見習い、少しずつだが仕事内容を分かりやすく分類し、スケジュールの立て方も見直すようになった。おかげで仕事量が増えても、なんとかなっている。

　いちごミルクのパックをゴミ箱に捨て、打ち合わせブースの前を通り過ぎようとしたら、女性の泣き声が聞こえてきて足を止めた。

「わたしは、書けるなら書き続けたいんです。でも、夫が仕事をやめろって。子育てと、家事がおざなりになってるからって……。昨日だって、寝る時間を惜しんで書こうとしたら、夫に怒られてしまって。すみません、期限に間に合わなくて」

「それはつまり、出版を取りやめる、ということですか？」

「……このままだと、そうなりそうです。でも諦めたくないんです、わたし」

　どうやら高森が、作家との打ち合わせをしているらしい。そして、何やら相談に乗っている。

　一年目の高森には玲子が教育担当としてついているが、彼女は独り立ちしつつある。彼女は普段から仕事を器用にこなすし、要領が良《い》い。たとえていうと、玲子なら教えられたことをノートに汚い字で殴り書きし、後から清書するタイプであるが、彼女は現代機器をうまく活用している。写真や動画をスマートフォンで撮り、そこから取りこぼしがないようにメモアプリでまとめたりと、教える側が彼女から教えられていたりする。今どきは普通らしい。

そういうことを厭《いと》う上司もいるようだが、編集長は「時代だなあ」と感心した様子で眺めていた。彼女は自身のことを引っ込み思案だと言うが、作家ともコミュニケーションをそれなりにとっているし、言われた仕事はきっちり処理できているので、比較的手のかからない新人だねと皆から言われている。ただ皆が心配しているのは、受動的で保守的な仕事をする傾向にあることだ。もう少し、積極性が欲しいところなのだが……。

玲子は幾ばくか逡巡《しゅんじゅん》すると、食事は一旦お預けにして、壁にもたれかかって様子を窺《うかが》うことにした。

「あの……。そうしましたら、ご夫婦間の問題が落ち着くまで、一旦お休みするという形でもこちらは構いません。栗沢《くりさわ》さんが書いてくださるのであれば、わたしはお待ちしておりますので」

ああ、栗沢かのんさんと話をしているのか。確か、重岡さんから引き継いだ作家さんだな。彼女は二児の母で人当たりが良く、作家としての経験もそれなりにあり安定しているので、新人の高森も仕事がしやすいだろうと担当が変更になったのだ。

「でも、それもいつになるのか分からないんです。こんなこと、年下の高森さんにご相談してもいい迷惑だと思うのですが、何かいい対処法はないものですかね……。周りに相談したら、専業主婦ができる環境なのだから、無理に仕事をしなければいいって言われてしまって……。それにわたしが何度夫に話をしても、聞く耳をもってくれなくて」

早口で、焦りが滲《にじ》んだ栗沢の口調。不安に追い詰められているようにも感じる。

一方の高森はというと、返す言葉が見つからないのか押し黙ってしまった。

そして重々しい沈黙が流れた後、高森がようやく言葉を発する。

「あの……。やはりご夫婦間での問題ですので、わたしが口出しするのは、ちょっと……」

言葉は消え入りそうな程に弱弱しかった。高森も相当困っているようだ。というより、どうすればいいのか分からないのか。

「そう、ですよね……。すみません、困らせてしまって」

栗沢が弱々しく微笑《ほほえ》んだのが、自嘲めいた台詞《せりふ》で伝わってきた。そして彼女は鼻を啜《すす》った。静かな、物悲しい嗚咽《おえつ》が聞こえてくる。

「あ……。ティッシュを取ってきます」

高森は慌ててブースから飛び出てきた。様子を窺っていた玲子と目が合う。

「山崎さん」

何事にもあまり動じない高森には珍しく、助けを求めるような焦った表情である。

「あ、いや、その、声が聞こえて」

身を隠す暇もなかった玲子は、立ち聞きしてごめんと両手を上げる。

「あの……。立花《たちばな》先輩は、まだ戻っていませんよね」

「あー、うん」

「話、聞いていたんですよね」

高森は出てきたブースを気にしながら、玲子に近づき声を潜める。

「まあ、少し」

「わたし、どうすればいいんですか。こんなこと言われても困るっていうか、仕事の範《はん》疇《ちゅう》超えてて責任なんて取れません。夫婦間の問題になんて立ち入れませんよ。山崎さんもそう思いますよね」

「んー……」

玲子は同意を求める高森を見下ろし、両腕を組んだ。

仕事の範疇を超えている、か。確かに編集の仕事かと問われればそうではない。山崎なら「知らん」と一蹴しそうだ。おそらく、高森も山崎に同じような印象を抱いている。だからこそ、同意を求めてきている。

(でもさ、山崎さんはちょっと違うんだよね)

彼が淡々と仕事をこなす裏で、どれだけの努力をしているのか、玲子はもう知っている。

たとえば寝る暇を惜しみ、目の下に隈《くま》をつくってまで作家とその作品と向き合おうとする姿。共に過ごさなければ気づかなかったことだ。

意外なことに、彼は作家に寄り添っている。言動は冷たいが彼なりの方法で。きっと「知らん」と言いつつも、打開策を考える。

作家が十人十色であれば、編集者も十人十色。それぞれのやり方がある。

玲子は山崎の背中を思い浮かべながら、口を開いた。

「あの、さ」

「はい」

「作家って、機械じゃないんだよ」

「は？」

唐突な言葉に、高森は首を傾《かし》げた。

「スムーズに原稿が出来上がれば願ったり叶《かな》ったり。でも、現実はそうじゃない。作家は人間だからこそ悩んで、迷って、立ち止まってしまう。……俺だって、そんな作家を何人も見てきた。過去の栄光に固執して、売れなくなってしまって、思うような作品が書けなくなって、周りに当たり散らしていた人もいる」

「そんなの……その人個人の問題じゃないですか」

「うん。でもちょっとしたきっかけが、その人を変えることもある」

「……きっかけ。どうやって？」

「その時はただ、ぶつかった。何を望んでいるのか、何に悩んでいるのか、向こうを怒らせてでも話し合った。そして一緒に、状況と感情の整理をしたんだ」

自分にはできなかった、山崎が成しえたことを玲子は伝える。

「なんていうのか……。作家をケアすることも、大事だと思う。相手に向かって踏み込むことは、とても怖いことだけど」

高森は納得しがたいような、葛藤を抱えるような、苦々しい表情で足元に視線を落とした。感情を押し殺すように拳を握るから、綺麗《きれい》なピンクベージュの爪が皮膚に食い込んでいる。

彼女は迷っているのか。困ると言いつつも、その場で完全に突き放せず、助けを求めにきたことを考えれば。

「高森さんは、どうしたい?」

玲子は尋ねた。大事なのは、自分がどうしたいかだ。魚住《うおずみ》に対して玲子は逃げ腰だった。自分がどうしたいのか、とさえ考えなかった。彼女はもう仕方がないのだと諦め、彼女のせいにした部分もあった。だから失敗した。

高森には同じ轍《てつ》を踏んでもらいたくはない。玲子は、高森の言葉を待った。

「……どうするもこうするも。わたしにできることなんて話を聞くことくらいで、他にないです。夫婦間の問題に入りたくありません。何かトラブルに発展したら、編集部に迷惑かけますし」

　玲子は残念そうに表情を曇らせかけたが、次に続いた高森の言葉で、目を瞠《みは》った。

「――でも、もし踏み込んでもいいのなら。わたしは書いてもらいたいです」

　高森はしっかりと玲子を見上げた。

「わたし、栗沢さんが好きなんです。作品が優しいし、栗沢さん自身のことも、年の離れたお姉ちゃんみたいで好きで。できるなら、旦那さんとも話がしたいです」

　玲子は口元を綻ばせ、頷《うなず》いた。

「うん、やってみよう。もし何かあったら、役に立つのかは微妙だけど、その、立花もいるし。それに編集長がなんとかしてくれるはず」

　茶目っ気を交えて高森の肩を軽く叩《たた》くと、彼女は、ふいっと視線を逸《そ》らした。

「セクハラですよ、山崎さん。気安く触らないでください」

「え、あ、ごめん！」

　肩を叩くだけのことが、男女間だとセクハラになるのか。しまったと、玲子は慌てる。

「冗談ですよ。なんか山崎さん、立花先輩みたい。気楽っていうか、そういうキャラでした？」

「え、あ、えー」

　どうやら、本気ではなく冗談交じりだったようだ。というか待て。気楽ってどういう意味だ。

「いいです。分かりました、やってみますよ。やってやりますよ。代わりに見守っててください。そして、何かあれば後からわたしの骨を拾ってください」

「骨？」

高森はぐっと拳を握ると、駆け足で編集部からティッシュを持ってきて、ブースへと駆け込んだ。ついでに、玲子の腕を引っ張って。

「え、あ……？」

目を真っ赤にした栗沢が、突然やってきた玲子を見た。

「あの、栗沢さん。この人は職場の先輩の山崎さんです。見守り役として来てもらいました」

「はぁ……？」

「栗沢さん、お願いがあるんです。旦那さんと直接話がしたいんです。電話を繋《つな》いでいただけませんか？」

「え？」

ティッシュを栗沢に渡しながら、高森はじっと彼女の目を見つめた。あまり視線を合わせたがらない高森には珍しい行動である。

「栗沢さんの続編、読みたいのはわたしも同じなんです。火に油を注ぐだけかもしれませんが、わたしからもお願いしたいんです」

栗沢は唇をきゅっと引き結び、これ以上泣くまいとするかのようにぐっと眉間に力を込めた。

「ありがとう、ございます」

そして彼女は恐る恐るスマートフォンを取り出した。そして画面を操作し、玲子たちの顔を確認するように眺めた後、意を決して発信ボタンを押す。スピーカーから呼び出し音が鳴った。

「何かあったのか」

電話はすぐに繋がった。

「仕事中にごめんなさい。あのね、その……。執筆のことで、担当さんがあなたに話をしたいって」

「話？」

電話越しに、彼女の夫が訝《いぶか》しんだのが分かった。栗沢は不安げに視線を高森に向ける。

高森は一つ頷き、スマートフォンを受け取った。

「突然のご連絡申し訳ありません。担当の高森と申します」

「夫の中井《なかい》です。妻がお世話になっております」

「あの……。栗沢さんのお仕事の件でお電話させていただきました」

「妻に、仕事を辞めてほしいと言った件ですか？」

中井の声が煩わしそうな口ぶりになった。高森はスマートフォンを握る手に力を込める。震えを抑え込むように。

「はい、そうです」

「失礼ですが、あなたに関係ないことですよね。これは家庭の問題ですから。妻が泣きつきましたか」

「ご相談されたのは事実です。でも、お電話はわたしの意思でさせていただきました」

「は？」

高森はぐっと顎を引いた。

「担当として、栗沢さんにはお仕事を続けてほしいと思っています。栗沢さんは才能のある方です。出す作品はすぐに重版がかかりますし、読者の方々も楽しみにされています。特に、若い読者層に人気があります。コミカライズも予定されてる人気作なんです」

「……だから、なんだっていうんですか。彼女は母親です。家のことに手を抜かれては困ります」

「家のこと、ですか」

「最近寝坊が多いし、夕食の準備だって帰ったらできていない。子供たちに持たせるものをよく忘れるし、掃除も手を抜いてるし。外で働いている者からしたら、家事すらできないけないのに仕事ができるとは思えませんけどね」

　高森の顔が気色ばんだ。栗沢は大きく目を見開いた後、表情を失《な》くして俯《うつむ》いてしまう。

　玲子も眉を顰《ひそ》め、黙ったままスマートフォンを睨《にら》みつける。

「栗沢さんは、丁寧に仕事をしてくださいます。本当ならわたしがミスに気づかなければいけない点も、優しくご指摘いただいたりと助けてもらっているんです。仕事ができないなんてことはありません」

　高森の声が尖《とが》った。怒りというよりも悔しさと、悲しみで溢《あふ》れている。するとスマートフォン越しで、中井が苛立《いらだ》ちを吐き出すように大きなため息をついた。

「あなたは随分お若いと聞きました。夫婦間のことなど分からないでしょうから、今後は口を出さないでいただけますか。不愉快です。大体社会に出たての新人が何を諭そうっていうんだか。これだから最近の若い人たちは困るんですよ。綺麗事を並べるのは学生気分が抜けてないからでしょう。そしてそんなあなたに泣きついた妻も、頭がどうかしてる。ふざけないでほしいですよ、本当に」

　語気を強め、中井は高森に叩きつけるように言った。

（モラハラなんじゃないの）

　玲子は沸きあがる怒りを必死に抑えつつ、どうしたものかと考える。だが今、玲子たちができることはここまでだ。彼が言うように、ここから先は当事者同士の問題。これ以上口を挟めば栗沢の立場が悪化する恐れがある。

ちらりと高森を見遣《みや》れば、彼女は悔しそうに唇を噛《か》みしめ、目尻に涙を浮かべていた。

「話は以上ですか。なら、仕事に戻りたいので切りますよ。時間の無駄なんで」

「……なよ」

するとその時、栗沢がゆらりと動いた。立ちあがり、悔し気に唇を噛みしめる高森の手からスマートフォンを取り、口元に近づけた。

そして——。

「おだづなよ‼」

栗沢が叫んだ。

「あんたはほんっとうに、どもこもならんな‼」

小柄な体から発せられる怒号に、高森と玲子は固まった。何て言ったのだろうか。

「……は？　おまえ、いったい何言って——」

「朝五時半に起きて朝食と弁当の用意。子供にご飯食べさせて、着替えさせて、ゴミ出ししてお兄ちゃんを保育園まで送り、下の子をおんぶしながら掃除洗濯食器洗い。買い物に行って、その後は昼寝をさせて、昼寝が終わったら一緒にお兄ちゃん迎えに行って、夕食の準備して、お風呂に入れて髪乾かして、夕食食べさせて、その後はキッチンの片づけして子供を寝かしつけて、翌日の登園の準備して。このスケジュール、子供次第では時間かかって要領よくいかないことが多いんですけど。専業主婦だからどうのこうの、もううんざり！　こっちはあなたと違って休日なんてものはないんですけど！」

早口で捲《まく》し立てる栗沢の迫力に、玲子は思わずごくりと唾を飲み込む。

「おまえ……誰にものを言ってるのか分かってんのかよっ」

「ええ。あなたに言ってます」

「人が面倒みてやってんのに——」

「そんなもの、金輪際こっちからお断りします！　もう我慢の限界、離婚しましょう。あなたの要望に合わせて職場を退職しましたが、わたしには資格がありますので再就職先はすぐに見つかります。もう、これ以上あなたとはやっていけません！」

「離婚？　正気かよ、おい」

中井の声に焦りが交じり始める。

「正気です。あなたは、次の完璧な奥さんを見つける準備をどうぞ。もしくは家政婦でも雇えばいかがでしょうか。この際ですから、一度は主婦の労働を時給換算してみればいかがですか。——主婦を舐《な》めないで！」

栗沢は毅然《きぜん》として言い放つと通話を終了し、電源を落とした。その途端、栗沢は力を失くしたようにその場にくずおれる。

「栗沢さん！」

高森が駆け寄り、彼女の腕を取る。

「……言っちゃった。ううん、言ってやったのかな。腰が、抜けちゃった」

栗沢の手は震えていた。高森の手を借りて立ちあがり、椅子へ腰掛ける。

「その、驚かせてごめんなさい。でも、自分が一番驚きなんです……。あんなに大声出したの、初めてかも。あんな声、出せたんだ」

玲子は温かい緑茶を淹《い》れてきて、高森と栗沢に差し出す。

「ありがとう、ございます」

「いえ。……大丈夫、ですか」

「分かりません……。でも心の奥底で、ずっと溜《た》めていたものが溢れちゃって。それが、このタイミングだったんだと思います。お二人には、お恥ずかしいところをお見せして申し訳ないです」

湯呑《ゆの》みを抱えながら、栗沢は力なく微笑《ほほえ》んだ。

「わたし……。結婚前までは働いていたんです。でも職場がブラックだったので、その時は早く結婚して辞めたくて。当時付き合っていた夫にも、家庭に専念してほしいと言われていたので、潔く辞めたんです。初めは良かった。仕事で悩むこともなく、家事だけしていれば良かったし、当時は夫とも仲が良かったんで。でも、子供が生まれてから、少しずつ環境が変わっていって……。もちろん子供は可愛《かわい》いです。愛おしくて、何があっても守るべき存在。でも、子供に振り回されて上手《うま》くいかないときもあります。夜泣きが続けば睡眠も十分にとれませんし、精神的に余裕がなくなります。夫に子育てを手伝ってほしいと伝えたら、おまえは他の時間に寝れるんだからいいだろうって。母親になったんだからしっかりしろ、こっちは仕事で疲れているんだから、と言われたこともあります。……わたしは一体、何のために生きているのかなって。家政婦なのかな、と思うことが増えました。自分が一人、社会から取り残されているような感覚で。そんな中、少しの息抜きでネット小説を読み始めて、自分でも書いて。運よく出版社から声をかけていただいて。自分にも、外に居場所ができて嬉《うれ》しかったんです」

栗沢は高森を見つめ、柔らかく微笑んだ。

「高森さん、ありがとうございます」

「え？」

「高森さんが庇《かば》ってくれて、わたし、勇気が持てたんだと思います。多分一人じゃ、うじうじして何も変われなかったと思うから」

「え、そんな、わたしは何も」

「一人じゃないって思えるだけで、有り難かったです。……働くことになっても、作家業は続けます。わたしも、やりたいことをやりたいので。どうなるか分かりませんが、夫とも今後のことを話し合って道筋を立てます。今からでも関係が修復できるなら、それが一番なんですけど……。それまで仕事が滞るかもしれませんが、必ず決着をつけますので、これからもよろしくお願いします」

そう告げた栗沢の顔には、ようやく血の気が戻っていた。目には決意を秘め、闘う女性の表情をしていた。


「山崎さん、実は危ない橋を渡るのが好きなんですか」

「は？」

栗沢が帰っていった後、高森が不機嫌そうに玲子に尋ねてきた。

「わたしは結果の見えないあやふやなものに、労力を割くのが嫌です。だから立花先輩の仕事の仕方を見ていて、無闇《むやみ》に首を突っ込まずに放っておけばいいのにって思ってました。無駄なことしてるなって」

「そ、そうなんだ」

玲子は首筋を掻《か》き、視線を逸《そ》らした。確かに高森が、いつも冷めた目で周りを見ていたことは知っている。冷静に物事を判断しているからだろう。

無駄なことか、と玲子は肩を落としかけたが、次の高森の台詞《せりふ》に目を瞠《みは》った。

「でも結果が得られなくても、無駄なことも必要なのかなって。無駄になるか、無駄にしないかは自分次第なのかも。……立花先輩が皆から好かれているの、分かった気がします」

「え！　そうなの⁉」

「……なんで山崎さんが嬉しそうな顔するんですか」

じとりとした目を向けられ、玲子は慌てて否定した。

「あ、いや、べ、別にそんな顔してないし」

「唇尖らせる癖、立花先輩みたいですよ。やっぱり付き合っているんですか。癖まで移ったんですか。怪しい」

「違うし！　そ、それより！　栗沢さんが怒ったとき、あれ、なんて言ってたの？」

「ああ、あれですか」

高森はスマートフォンを操作し、画面を玲子に見せた。

「へえ。ふざけるな、か」

画面には〝北海道弁解説〟とタイトルが打たれている。栗沢さん、北海道出身だったのか。

「後の言葉は、あなたにはもうお手上げ、っていう意味らしいですよ」

「ふうん」

「結構な迫力でしたよね。わたし、驚きました。方言って威力ありますよね」

「うん。あと、普段怒らない人間が怒ると迫力がある」

「確かに。それにしても結婚って、ゴールじゃないんですね」

玲子が深く頷《うなず》いたところで、外に出ていた八代《やしろ》が戻ってきた。

「あら、珍しい組み合わせ。何話してるの？」

八代は二児の母というだけあって、編集部内では母親的存在である。何かとメンバーのことを気にかけてくれる。彼女は鞄《かばん》を机に置くと、水筒を取り出してお茶を飲む。

「あ、ええと。その、結婚はゴールじゃないんだなっていう話です。作家さんの家庭環境でトラブルがあって、それで仕事に支障が……。もしかしたら、離婚かもって」

高森の言葉に、八代は特に驚きもせず、ふうんと相槌《あいづち》を打った。

「どこの家も同じね」

「え、八代さんもですか？」

玲子と高森は意外そうに首を傾《かし》げた。

「そりゃもちろんよ。確かに楽しいこともあるけど、腹立つこともその分あるし、旦那だって家族といえど他人。合わないことだってたくさんあるわ、お互いにね。この間の新年会だって、子供が熱出して参加できなかったじゃない。あの時も、旦那と喧嘩《けんか》しちゃったのよね。本当は旦那に任せて参加したかったの。だって、滅多にない自由な時間だもの。でも結局、旦那は一人でおろおろしてるし、任せられないと思って。で、ちょっと八つ当たりしちゃった。後からケーキ買ってきてくれたから、それで仲直りしたけど」

「そうだったんですね」

「結婚は新しいステージであって、間違ってもゴールじゃないわね。だからなんていうか、喧嘩しながらも一緒に歩いて行くって感じかなぁ。一緒に足を踏み出して、そのまま同じ道を行く人もいるし、進んでいくうえで方向が違ってくる家庭もあるから。だから、その時に別れを選択するのも間違ってないと思う。正直、仲が悪いのに一緒にいてギスギスし続けるのは嫌だし、子供にも良くないと思うしね。子供って、意外と気を遣ってるのよ。わたしはなんだかんだ言いつつ、今のところは一緒の道を行ってるけど、これぱっかりは誰にも分からないわ」

玲子は八代の話に耳を傾けながら、少し前までの自分に聞かせてやりたいと思った。

（結婚はゴールじゃない、かぁ）

確かにその通りか。仕事に不満を抱いて逃げるように結婚しても、今度は結婚に不満を抱いてしまいそうだ。

なら、嫌なことから逃げるために、自分の外に希望を求めるのではなく、まずは自分の内に希望を見つけるべきなのかもしれない。仕事に趣味に恋愛に、苦しみながらも楽しんでなんぼじゃないか。迷いながらも進むしかない。枠に囚《とら》われることなく、肩の力を抜いて自由に。

そうすれば将来を一緒に歩んでいける人と、いつか出会えるかもしれない。出会えなくとも、それはそれで人生を楽しめばいいじゃないか。幸せになれるかなれないかは、結局は自分次第なんだろう。

「高森さんは、結婚願望あるの？」

八代は水筒に蓋をすると、興味ありげに高森を見た。

「まぁ、いつかは……とぼんやりとは。する時はするでしょうし、しない時はしないでしょうし」

「ふふ、高森さんらしい答えね。山崎くんは付き合ってる人、いないの？」

「あー、いませんけど」

「そうなの。なら、いっそのこと立花さんはどう？」

「はぁ!?」

玲子はものすごく嫌な顔をした。

「だって立花さん、結婚が決まりかけてたんでしょ？でもなくなっちゃったって。詳しい理由はみんな聞いてないけど……。ほら、立花さんってば昔から変な男ばかりに引っかかるのよ。あの子、可愛くていい子なのに趣味が悪いっていうか、人を信じすぎるっていうか。わたしが知ってる限り、大学院生の甘ったれマザコン男でしょ、ミュージシャンのピーターパン男子でしょ、自分大好きナルシストの借金男でしょ。このままじゃこの先、とんでもない男が現れそうで。ほら、詐欺師とか」

「分かります、ものすごく。先輩って危なっかしいんですよね」

え、何。ものすごくって何。ていうか既に、詐欺師に引っかかった後ですけど。

言うに言えない玲子である。

「立花先輩、見る目がないっていうか、普通の人じゃ満足できない変態っていうか。アイドルの追っかけしすぎて恋人は顔重視だし。そこに立花先輩のお人好《ひとよ》しでしょ。心配になるんですよねぇ」

「あの子の年齢って、ちょうど結婚で焦る年でもあるのよね。焦って捕まえる男なんて、ろくでもない奴が多いから、本当に気を付けてほしいんだけど」

「ならいっそのこと、山崎さんみたいに厳しい人が一番いい気がします。山崎さんならそこそこ顔もいいし、嫌々ながらも立花さんの面倒みてくれそうな気がします」

「そうね。性格が正反対でうまくいくことも多いし。どう、山崎くん」

「そうですよ。山崎さんは几帳面《きちょうめん》だから、立花先輩くらい私生活がずぼらな人が合うと思うんです。山崎さん、彼女いないんですよね？」

二人に自分のことで詰め寄られる玲子は、頬を引きつらせながら後退した。

「……………絶対、無理かと」

毎日、姑《しゅうとめ》のようにあれやこれやと尻を叩《たた》いてくる山崎を思い出し、玲子は首を横に振った。

そこで、ズボンのポケットにいれているスマートフォンが振動した。仕事用ではなくプライベート用。つまり、山崎のものだ。

取り出してみれば、〝真琴《まこと》〟という名前が画面に表示されていた。先日も着信があったことを思い出す。廊下に出て、電話にでるべきか玲子は悩んだ。山崎が着信に応じなかった時の、複雑な表情が思い浮かんだからだ。

彼女のことは、彼から一切申し送りを受けていない。おそらく、山崎は言いたくないのだ。なら、自分は着信に応じるべきではない。

しばらくすると留守電に切り替わり、音声の録音が始まった。

「もしもし……真琴です。メッセージ、返してくれてありがとう。やっぱり、今更会おうだなんておこがましいよね。ごめん、ほんまに。借りていた本は実家に郵送しとくから。返すの遅くなってごめん。うちな、三月十日に、羽田から日本を発《た》つことになりました。朝十時半に出発やねん。八時半には羽田に到着しとかなあかんらしいわ。朝、寝坊したらどないしよ……。いや、こんな話どうでもええな。何話してるんやろ。……あのさ。もし、いつか会えたなら、話したいことがあるねん。その時は、話を聞いてくれたら嬉しいな……。じゃあ、仕事頑張ってな」

そして録音は終了した。玲子は、通話が切れた画面を見つめる。

可愛《かわい》らしい女性的な声だった。そして、明るくも切実に願うような声。

山崎は彼女のことを古い友人と言っていたが――きっと、異性として大切だった人だ。玲子の女の勘が告げている。

今日、帰ったら山崎にいち早く報告しよう。彼女は、山崎からの連絡を待っている。

（でも……。メールで返信できても、今の山崎さんは真琴さんと会えるどころか、話すこともできないんだよね）

玲子は廊下の壁にもたれかかり、スマートフォンの画面を一旦オフにした。


「あれ、山崎。今上がり？」

高円寺駅についたところで、背後から肩を叩かれて玲子は振り返った。

そこには営業部のエースである羽黒《はぐろ》がいた。彼は顔良し・爽やか・仕事有能の三拍子が揃《そろ》っている、女性からの支持率が非常に高いモテ男だ。いい意味での人たらしなのだと思う。誰に対しても気遣いができて、態度が変わることがない。勤勉な仕事ぶりは、社内外問わず評判が高い。だが同じ営業部にいる玲子の同期――姫島恵《ひめじまめぐみ》は、彼は何かと完璧すぎるので、尊敬しつつも腹が立つと言っていた。

仕事の技量や、人としての度量の大きさも、どうにも自分自身と比べてしまうのだと。だから、仕事だけでも食らいついていけるようにライバル視しているようだ。

「あ……うん、まぁ」

「なんだよ、うんって。らしくないじゃん」

「そ、そんなことないだろ。それより、おまえは今から会社に戻るのか？」

山崎の口調を意識しつつ、玲子は会話を続ける。

「いや、今日はもう直帰するよ。なあなあ、暇ならちょっと話に付き合ってよ。姫島さん、どんだけアピールしてもやっぱり靡《なび》かないんだよ。これっぽっちも、一ミリも！」

「えっ」

羽黒の口から、いきなり友人の名前が飛び出てきて、玲子は衝撃を受けた表情で固まる。山崎から軽く申し送りを受けていたが、あの話は本当だったのか。羽黒が恵に惚《ほ》れているというのは。

驚く玲子に、羽黒は形の良い眉を不審げに寄せた。

「なんだよ、前にも言ったじゃん。もしかして山崎、俺の悩みを聞き流してたな」

「い、いや、そんなことない」

「うーん、怪しい。なあ、山崎も上がりなら今から一杯付き合ってよ。この辺り詳しいだろ。凹《へこ》んでる俺の話を聞くべきだと思うんだけど」

「……そんなこと言われても。ちょっと今日は早く帰りたいというか」

真琴さんから電話がかかってきたことを、報告しなければいけないのに。それにだ。恵には関係を切れない男性がいる。大きな声では言えないが妻子持ちの。つまるところ不倫関係。彼との関係を清算しなければ羽黒をはじめ、他の男に恵は興味を示さないだろう。

逃げようとする玲子に、羽黒は玲子の両肩を軽く摑《つか》んだ。

「なんだよ、親友の頼みじゃん！　おまえ、今は恋愛のスペシャリストだろ。編集者だろ。俺の悩みを聞いて仕事の糧にしてよ」

「えぇー!?」

中身は恋愛音痴の立花玲子なんですが、と言ってしまいたい玲子である。一番相談してはいけない種類の人間だ。

それにだ。恵の複雑な恋愛事情を知っている玲子としては、いくら王子の羽黒といえどアドバイスはできない。申し訳ないが、恵の眼中に羽黒はいない。とはいえ、このまま冷たくあしらってしまえば山崎の印象を悪くする。仕方がない、と玲子は嘆息した。

「一杯だけならいい、けど。話、聞くだけだぞ」

「まじ、サンキュ！」

屈託のない少年のような笑みを向けられた玲子は、これが噂《うわさ》に聞く人たらしスマイルか、と内心でぼやいた。

といっても、どこにいくか。この辺りには土地勘がない玲子である。

（――あ。あそこがあった）

とそこで、美人女将《おかみ》のいる居酒屋を思い出した。

「飲めたらいいんだろ」

「うん」

「なら、この間いい店を見つけたんだ」

そして、あの居酒屋を目指して玲子は足を進める。確か大通りから一本裏の筋に入って、その奥にある雑居ビルの中に店があったはず。

だが、辿《たど》り着いてもあの看板は出ていなかった。玲子は首を傾《かし》げる。

「あれ……。今日は閉まってる？」

「ていうか、そもそもこのビルに店舗自体入ってないんじゃねえの。ビルの入り口閉まってるし」

「え？　嘘《うそ》」

玲子は首を傾げた。道を間違えたのだろうか。ビルを見上げて確認すれば、記憶の中のビルと一致しているのだが。

「山崎らしくないなぁ。疲れてんの？」

「いや、そんなことは――」

「真琴さんが結婚するから、やっぱりショックなんだろ。初カノだったし」

「え？」

突然〝真琴〟という名前が出てきて、玲子は勢いよく羽黒の方を振り向く。

「えって……。山崎、この間珍しく酔っぱらってぼやいてたじゃん。覚えてないの？」

「言った、か？」

「言ってたよ。結局、真琴さんのことを忘れられてないのかもって。とにかく駅前に戻ろうよ、寒いし。この間は山崎の話を聞いたんだから、今度は俺の話を聞いてもらうからな」

絶対に話が長い。一杯では終わらないだろう。

だが真琴という女性は、やはり彼にとって大切な人だったのか。

詳しい話を羽黒に聞きたくなるが、それは山崎のプライバシーを侵してしまうので、やめておいた方が良いだろう。

――でも。玲子が山崎に助けられたように、少しくらい、自分も山崎の役に立ちたいのだが。

（そもそもこの体のままじゃ、真琴さんと会って話をしようにも、山崎さんは会えないもんね……）

玲子は考えあぐねるように、夜の街に視線を彷徨《さまよ》わせながら、羽黒の後をついていくのであった。

五話

『ごめん、別れてほしい』

あの時伸ばした指先は、彼女の肩にすら触れることはできなかった。

ベッドの上で起き上がり、胡坐《あぐら》をかいた山崎《やまさき》は、本日も自分ではない体を見下ろして嘆息した。まだ朝の五時。日は昇っておらず、カーテンの隙間から零《こぼ》れる光すらない。

(久しぶりに、あの夢を見た)

かつて付き合っていた初恋の人——真琴《まこと》から連絡が来たからに違いない。

昨日、羽黒《はぐろ》に捕まってほろ酔いで帰宅した立花《たちばな》から報告を受けた。真琴から留守電が入っていることを。立花は何か察したようだったが、何も言わず、風呂場に向かっていった。

立花が風呂に入っている間に、再生した留守電。久しぶりに耳にした彼女の声は、あの時のままだった。変わらない関西弁も懐かしい。

彼女と別れてからは、一度も連絡を取っていなかった。今更会って、彼女は何を話したいというのだろうか。

正直、自分は彼女に会う気はない。会えば、あの頃の馬鹿な自分を思い出してしまうから。

真琴は保育園から小・中・高と一緒で、いわゆる幼馴染《おさなな じ》みだった。

昔から自分たちは外で遊ぶよりも室内で過ごすことが多く、放課後に互いの家で、読書やゲームをするのが日課だった。側にいるのが当たり前で、でも成長していくにつれて、どちらからともなく互いを意識するようになった。

そして中学三年の夏、地元の花火大会の日に自分が告白して、高校三年まで付き合った。

二人とも本が好きで、デートといえば図書館が多かった。

好きな本を借りて、隣に座って読書をする。読書に集中する彼女の横顔を、ちらりと見るのが好きだった。その視線に気づいて、彼女は照れくさそうに笑って、本で顔を隠したりして。今思えば、こんな自分でも青春をしていたのだ。

だが高校二年になってから、環境の変化が訪れた。真琴の両親が離婚したのだ。

母親と暮らすことになった真琴と二人の弟は、京都から、母親の地元である鳥取に引っ越した。地図上では近いようで、会うには遠い距離。遠距離恋愛というものだった。

それでも日々メールでやりとりをして、バイトで交通費を稼いで会いに行って、彼女とは良い関係が続いていた。遠距離でも、同じ大学を受けて、一緒に大学生活を送ろうと言って。彼女は勤勉で、自分よりも出来が良かったから、置いていかれないようにしなければと必死に勉強に励んでいたのも懐かしい思い出だ。

けれど懐かしい一方で、自分がいかに愚か者だったのかを思い出す。彼女が抱えていたものに何一つ気づけなかったのだ。

志望校を定め、受験勉強に励む高校三年の夏休み。

自分は鳥取の彼女の元を訪れた。その日に会った彼女は、いつも以上に明るかった。本屋でも図書館でもなく、珍しく観光地に行こうと言って、倉吉《くらよし》の白壁土蔵群を訪れた。赤瓦に白い漆喰《しっくい》壁の建物が立ち並ぶ、風情のある街並み。写真を撮りながら回って、途中、サイダーを買って喉を潤して、空腹になったら蕎麦《そば》と団子を食べて、土産屋を覗《のぞ》いて。その後は、涼むためになしっこ館を訪れて、館内をぐるりと回りながら梨について学んで、梨のソフトクリームを食べた。

そしてバスで倉吉駅に戻り、ＪＲに向かおうとした自分の手を真琴は引いた。最後に、もう少し話がしたいと言って。

駅前広場にあるベンチに座れば、空は夕焼け色に染まっていた。

そして、彼女から別れを切り出された。

『ごめん、別れてほしい。……辛《つら》い。一馬《かずま》と一緒におると、一馬を羨ましく思ってしまう自分がいて、そんな自分が嫌になるねん』

そこで初めて知った。母親一人の稼ぎだけでは、大学に進学するのは厳しいこと。下の弟二人のことも考えて、就職するつもりでいること。

『一馬は何も悪くない。うちの環境が変わって、うち自身の問題なのに。働くことが嫌なわけじゃない、家族のためだと思ったら苦じゃない。でも……なんでやろ。大学受験できる一馬が羨ましくて、まだ、心の中で諦めきれへん自分もおるねん。気持ちの整理が、追い付かへん。なんやろなぁ、しょうもないプライドなんかな』

この時ほど、何を言えばいいのか分からないことはなかった。あれほど本を読んできたのに、こういう時に、なんの言葉も出てこない。

能天気に過ごしてきた自分の口から出る言葉は全て、彼女を傷つけてしまいそうで。何を言えば、彼女を繋《つな》ぎ止められるのか分からなかった。

『一回距離を置くのは、あかんの』

ようやく口にした言葉はそれだった。

『うん。……ごめん』

真琴は、台詞《せりふ》を予想していたようだった。迷うそぶりを見せず、頷《うなず》いた。

しばらくの間、二人に言葉はなかった。どちらとも動かず、赤く染まっていく空を眺めていた。

『……俺、彼氏やのに何も気づかなくて、ほんまごめん』

自分は彼女の家の事情を、上辺しか知らなかった。

離婚の原因は、父親の借金だと聞いた。どうにも会社の経営が上手《うま》くいかず、家族にこれ以上負担がかからないようにと、父親から離婚を願い出たと。どうしてそこから、彼女の家庭環境を気遣うことができなかったのか。

『一馬は謝らんといて。余計に、辛くなる。……ごめんな、ほんまに』

彼女は目に涙を浮かべて、苦し気に笑った。

その後、山崎はどうやって帰りの電車に乗ったのか覚えていない。

不思議と今でも覚えているのは、帰りの車窓から見えた、夕日が沈んだ後の空と海。

そして、鞄《かばん》の中に入ったままの一冊の本。彼女から借りていて、今日の終わりに返そうと思っていたもの――寺山修司《てらやましゅうじ》の詩集、『秋たちぬ』。

その中の同タイトルの詩が、どうしてか、今でも忘れられないでいる。

「おーい、玲子《れいこ》。こっちこっち」

玲子の姿の山崎は、駅の改札出口で手を振っている女の元へ向かう。パンツスーツに身を包む彼女は営業部の姫島恵《ひめじまめぐみ》である。一見小柄で可愛《かわい》らしいが、部内でも突出した仕事ぶりを発揮することで有名な彼女である。ちなみに立花の同期であり、飲み仲間と聞いた。

「あれ、メイク変えた？　なんかクール系になったね」

「……気分転換」

「ああ。例の結婚詐欺？」

言葉を飾らない姫島は、あっけらかんと笑っていた。

「だから言ったじゃん。顔で選んでると痛い目みるよって。で、お金は返ってきたの」

「まぁ、それは……解決した」

返ってきたというか、ぶんどりに行ったと言うべきか。あの時の労力を思い出した山崎は嘆息した。すると山崎の背中を、姫島がかつを入れるように強く叩《たた》いた。小気味良い音が鳴り響く。

「いったいな！」

「何しょんぼりしてんの。玲子の取り柄は前向き、じゃない。基本前向きのあんたが後ろ向きな時ほど、最悪なことが色々起こるんだから。ほら、さっさと切り替えて仕事に行くよ！」

背筋をピンと伸ばし、ヒールの音を鳴り響かせながら歩く姿は、男の山崎から見ても格好いい。気の強そうな女性であるが、なるほど、自分と同期の羽黒が惚《ほ》れるだけある。

「元気、だね」

「そりゃね。このサイン会成功したら、既刊に重版がかかるかもしれないじゃない？　そしたら、わたしたちも作家さんも皆ハッピー。それに負けてられないのよね、羽黒さんには。この間だって、あの巧みな人たらし話術で、幾つかの書店で特設コーナー作ってもらってるし。気難しい性格で有名な書店員さんすらも納得させるんだから。なんなの、あのコミュニケーション技術。本当に人たらし。せめて性格悪かったら罵れるのに、おおらかで仏みたいな性格でしょ。前世でどんだけ徳を積んだわけ？　どうやったらあんな人間になれるの？　できすぎ君もいいところでしょ。羨ましいったらありゃしない」

荒い鼻息をつき、羽黒に対して闘志を燃やす姫島。

（どうやら彼女は恋心はともかく、闘志を抱いているみたいだぞ、羽黒）

と、内心で呟《つぶや》く山崎である。確かに羽黒は、営業が天職のような男である。社交性が高く、誰とでもすぐに打ち解けるし頭の回転が速い。もちろん、彼の見えない努力も知っているが。

「……嫌い、なの？」

山崎はそっと聞いてみた。

「嫌いじゃないわよ、尊敬してるし」

とりあえず一刀両断されず、山崎は安堵《あんど》の息をつく。

だが、姫島は難しい顔をしながら「でもねぇ」と言葉を続ける。

「やっぱり羽黒さん見てると自分が汚く思えてくるのよねぇ。わたしは人を妬むし羨むし嫉妬するし。恋愛だって、そんな自分が招いてる結果だと思ってるわよ」

姫島の独白は、見上げた冬空に吸い込まれていった。

どうやら彼女には、羽黒が知らない恋愛事情があるようだ。難しい恋をしているのだろうか。そういえば、羽黒が姫島に好意を抱いていることを伝えた際の、立花の反応は微妙だった。思い返せば、困ったような表情をしていた。

（人の恋愛事情にあれこれ首を突っ込むつもりはない……が）

恋愛はともかく、他人を羨む感情を抱えることは分かる。

どうしても自分と他者を比較してしまうのだ。そんなことしたって、なんの得にもならないのに。

人間というのは、本当にままならない生き物だ。


山崎たちが向かったのは、都内にある大型書店である。一週間後、立花が担当している御影《みかげ》ねむと、彼女の作品のコミカライズを手掛けている日比野薫《ひびのかおる》の合同サイン会が行われる。本日は最終打ち合わせで、山崎も呼ばれていた。

二人は書店に到着すると、今回お世話になる書店員の相沢美佳《あいざわみか》と、日比野薫の編集担当である植田太一《うえだたいち》の四人で当日の流れを確認する。事前準備は営業の姫島と書店の間で行われているので、編集の自分は当日の流れを確認するだけである。

「サイン会は十三時から開始。そのため作家のお二人には一時間前、つまり十二時に現地入りをお願いします。対面時間は、一人当たり三十秒を基準に。長くても一分以内でおさめます。終了予定時刻は十六時。その後写真撮影をしてから、作家さんを送り出して終了予定です」

「当日の花はこちらで手配済みです。あとこれは、当日の動線のイメージ図です。ご確認をお願いします」

　姫島の説明に続き、書店員の相沢がやる気に満ちた表情で、資料をそれぞれに配布する。

　今回は書店から編集部へ打診があり、サイン会が開催されることになった。初めは原作者の御影ねむだけの予定であったのだが、コミックも人気上昇中ということもあり合同という形をとったのだ。

　物語は、自分が苦手な恋愛ファンタジーだ。家が没落し、恋人に捨てられた主人公が、ヒーローの手を借りながらどん底から這《は》い上がっていくという内容である。普通ならありきたりな内容になってしまいそうなところを、作者である御影は明るく、コメディタッチに仕上げていて、原稿に目を通していて噴き出してしまうことが度々ある。主人公はちょっとのことではめげない良《い》い根性をしているうえ、ヒーローはやる時はやるが、基本無気力でだらしないのもギャップがあって面白い。他の登場人物も皆個性的で面白いので、あっという間に人気に火が付いた。

　勢いづけば、アニメ化も視野に入ってくる人気作だ。SNSの力も侮れないから、サイン会をきっかけにさらに人気が広がれば良いと思う。

「色々と説明しましたけど、当日、編集お二方の主なお仕事は、作家さんを会場に連れてくることです。作家さんがいなければ始まりませんので、どうかお願いしますね」

「分かりました。日比野さんも大変楽しみにされていましたので、たとえ台風だろうが風邪だろうが来ますよ」

念を押す姫島に、植田が笑みを浮かべて頷く。

「サイン会で、さすがにドタキャンはないでしょう」

山崎は当たり前のように言った。今回のメインとなる御影ねむとはメールでのやりとりしかしていないが、特に問題のない作家である。立花曰《いわ》く〝ネガティブ思考が玉に瑕《きず》だけど、とても楽しい作家さん〟だそうだ。

ネガティブで楽しいの意味がよく分からないが、まぁ本人もサイン会を楽しみにしていると書いていたから大丈夫だろう。

山崎は出されたお茶を飲みながら、呑気《のんき》にもそう思った。


――が、当日。


「来んのかい！」

山崎は書店前でスマートフォンの画面を見ながら、一人、叫んだ。通行人が振り返っていくがそれどころではない。

メールの文面には〝自分には恐れ多すぎるので、サイン会なんてやっぱりできません……。もう、わたしは動けなくなりました〟とある。

何度も電話をするが、出る気配がない。山崎は急いで編集部に連絡を入れる。

「はい。富田《とみた》文庫編集部、立……あ、山崎です」

「おいおまえ!!」

「あれ、山崎さんですか？」

電話越しに呑気な声が聞こえてきて、山崎は吠《ほ》えた。

「そうだよ俺だ！　至急、御影さんの住所教えろ！」

「え、どうしたんですか。今からサイン会ですよね」

「そうだよサイン会だ、来ないんだ！」

「……えっ。あ、もしかして例のあれかな」

「なんだよあれって！」

「ほら、言ったじゃないですか。ネガティブが玉に瑕だって。普段からネガティブなんですけど、さらにネガティブモードに入る時があって。そういう時はたいてい――」

「いいから早く住所を教えろ！」

「あっ。人の親切心をなんだと思って」

「早く教えろ！」

現在時刻は十一時四十五分。御影の住まいは高田馬場《たかだのばば》。新宿からタクシーで……十五分から二十分。素早く彼女の住所をメモして通話を一方的に切ると、山崎はタクシーを捕まえるべく颯爽《さっそう》と走り出す。ヒールが走りにくいが、もはや構っている場合ではない。

山崎は小道を抜けて大通りに出ると、鬼の形相で、通り過ぎようとしたタクシーを止めた。タクシーは急停車する。

「ちょ、お客さん！　突然危ないでしょ……っていや、えっと、どちらまで」

タクシーのドアが開き、運転手が山崎に向かって注意しかけたが、山崎の迫力ある形相を目の前に言葉を呑《の》み込んだ。

「ここの住所に、出せる限りのスピードで」

「え!?」

山崎は息を切らしながら後部座席に乗り込むと、握り締めていたスマートフォンで再び御影への連絡を試みるが、相変わらず出ようとしない。玲子の姿で舌打ちして、両腕を組む。

（サイン会に原作者不在って、こんな事態今までにあるのか？　いいや、ないだろ！）

山崎は全身から苛立《いらだ》ちの空気を放ちながら、前方を睨《にら》みつけるのであった。

タクシーを待機させて、山崎は御影ねむの住所に辿《たど》り着いた。小綺麗なアパートで、二階へと駆け上がる。二〇三号室と書かれたドアを見つけると、呼び鈴を鳴らす。中々返事がないので、痺《しび》れを切らした山崎は何回も連打した。

するとしばらくたって、恐る恐る扉が開かれた。そこから現れた女性の姿に、山崎は驚いて飛びのきそうになる。

長い、真っ黒なストレートの髪が顔を覆い、髪の隙間から見えるのは青白い肌。目の下に青い隈《くま》があり、目には生気がなく幽霊のようである。

「たーちーばーなーさぁあああん」

そして細い手がゆっくりと迫り、縋《すが》るように玲子の肩を摑《つか》んだ。内心悲鳴をあげながら、山崎は固まった。

「えっと……御影、さん？」

すると御影は目に涙を浮かべ、その場に蹲《うずくま》った。そして、なぜか土下座をした。土下座というよりも、床に突っ伏している。

「すみません、本当にすみません……。わたしには恐れ多い舞台をご用意してくださったというのに、例のあれが起きてしまい……。もう、これは死んでお詫《わ》びすべき事態です」

「は？　ちょ、例のあれって？　ていうか死ぬ!?」

意味が分からず狼狽《うろた》える山崎に、御影は大きな目をさらに見開いて慄《おのの》いた。さらに彼女の表情が恐ろしいものになる。

「わたしの持病ですよ……。緊張でトイレから動けなくなるという、わたしの恥ずかしき病をお忘れですかぁあああ!?」

凄《すご》い剣幕で詰め寄られ、山崎は頬を引きつらせながらある程度の状況を悟った。動けないというのは、つまりトイレから動けなかったということか。

「はっ。もしやわたしは、そんなことすら忘れられる程の存在ということ!?　あぁ、ごめんなさい。やっぱりわたしは生きている価値、なし！　作品に価値、なし！」

勝手に一人劇場を繰り広げる御影に、山崎は冷静に尋ねた。

「えっと、何か薬か何かはないんですか」

すると、彼女は再び目をくわっと大きく見開いた。目玉が転がり落ちそうである。

「命の粒を、正露丸を、実は切らしていたことを忘れていたんです。……もう、わたしは腹を切ってお詫びするしかぁあああ！」

「いや、腹切る前に薬局いけば良いですよね」

「薬局にも行けない状況だったんですよぉおお！」

「ああもう分かりました、分かりましたからっ。とりあえず会場に向かいましょう！　会場のトイレに篭もっててください！　正露丸、走って買ってきますから！」

「いいんですか？」

御影は涙を浮かべて、山崎に縋りついた。

「いいですよ！　ほら、タクシー待たせているんで！」

現在時刻、十二時二十分。御影を身一つで連れ出し、一緒にタクシーに乗り込む。そして運転手に行き先を告げる。

腹を押さえたままの御影は、作風から考えられないくらいにネガティブである。作中の主人公たちは皆ポジティブなのに。

「一つ、お聞きしてもいいですか」

「はい？」

「作品は明るくて、楽しくて、面白いのに。どうしてそう、自信がないのですか」

御影は痛む腹を押さえながら、流れる車窓に目を向けた。御影の青白い顔がガラスに薄く映し出される。

「……自信がないから、書けるんですよ」

「え？」

「わたしには言えない言葉、できない行動、つまり、憧れの姿。そういったものを、いつも考えているからです」

御影は長い睫毛《まつげ》を伏せた。

「だから、怖くなるんです。人気が出れば出る程に。わたしは、こんな感じだし……。サイン会も、初めは嬉《うれ》しかったんです。応援してくれる方々に、会えるんだって。でも、わたしがこんなだから、幻滅させたらどうしようとか、考え出したら動けなくなって。終《しま》いには正露丸を買い忘れている、準備ができないダメ女ですし。ここまで引っ張ってくれた立花さんに見限られると思ったら……負の連鎖と言いますか。う……お腹《なか》、痛いです」

「分かった、分かりましたから。聞いてすみません」

山崎はべそをかく御影の肩を叩《たた》きながら謝る。

「わたしだって少しずつ、変わりたいと思ってるんです。立花さんみたいに」

「え？」

「立花さんは、ちょっとどんくさいけどいつも明るいし、前向きだし、一生懸命だし。躓《つまず》いても問題に突進していく勇気があるし。だから、立花さんみたいに頑張ろうって、今回のサイン会も思い切って引き受けたのに……。結局、困らせてるだけだし」

「……まあ、正直困っていますけど」

「ほらぁあああ！」

「でも！　これだけは言わせてもらいますけど、サイン会ができるというのは、あなたの作品を楽しみにしている読者が多い、ということです」

「え？」

御影が山崎を振り向いた。

「サイン会が開催できるのは、一握りの作家さんだけです。現金な話ですが、元が取れる見込みがなければ、書店も編集部も動きません。ですから、少しは自信を持ってください。あなたの作品は、読者にちゃんと届いてる。そしてこれからも、届け続けていってください」

「……なんか今日の立花さん、妙にどっしり、しっかりしてますね」

「そりゃどうも」

中身が違うから当たり前だ、と山崎は内心で言葉を添える。

しかし立花の奴、御影との関係をしっかりと構築できているじゃないか。立花と入れ替わった頃、彼女は鬱々と後ろ向きなことばかりぼやいていたが、こうして担当作家から頼られていることを思い出せばよかったのに。

自分が弱っている姿を他人に曝《さら》け出すなど中々できないことだ。勇気がいる。自分とて苦手だ。恥ずかしいし、他人に知られるのが怖いと思う。

(でも、そうか。もしかしたら、二人は互いに影響し合っているのか)

立花は自分の性格を飾らない正直者。御影もまた、普段から自分の弱さを素直に見せているのだろう。互いの弱さを知り、寄り添うからこそ互いに良い影響を与えて、二人でこのサイン会まで辿り着いたのかもしれない。作家と編集者は二人三脚とは、よく言ったものだ。

(あいつはもっと自信を持つべきだな。ちゃんと、積み重ねていってるじゃないか)

立花が受け持つ作家全員が成果を残しているかと言われれば、そうじゃない。けれど、数は少なくとも着実に芽は出ている。周りと比べて自分を否定するのではなく、できていることに、自分の強みにもっと自信を持てばいいのに。

「あの、立花さん」

御影が自分を鼓舞するように拳を握りながら、山崎を見た。

「頑張ってみます。サインもたくさんします。頑張って誠心誠意、お礼を皆さんに伝えます」

「言っておきますが一人当たり三十秒が目安なので、長々とは無理ですよ」

「わ、分かりました。早口でお礼を言って速筆でサインします！」

「できる範囲でお願いします」

僅かだが、御影の顔色に血色が戻り始めている。なんとかなる……と、信じたい。

両腕を組んで、今度は山崎が車窓を眺める。

「あの……。立花さん」

「はい？」

「立花さんに、聞きたいことがあって」

「なんでしょう」

といっても中身は立花ではない。答えられる質問で良いのなら、と山崎は振り向く。

「次の原稿で悩んでいるところがあるんですけど……。昨日も、それで悩んでて。主人公とヒーローに、恋愛感情が芽生えてくることになるんですが」

「はぁ」

「恋って、どんなものですか」

「は!?」

山崎の動揺と共に、タクシーも大きく揺れた。バックミラー越しに、運転手も話の内容を気にしているようだ。時折ちらちらと見てくる。二人の視線を浴びて、山崎はたじろいだ。

「こ……恋は、恋でしょう」

この自分に、恋の説明をしろというのか。この年になって。

「それが、わたしには分からないんです……。いわゆる世間でいう喪女なので。すみません、恋すらしてなくて。ああ、情けないったらありゃしない……。一応、少女小説に少女漫画等一通り網羅してるんですが、実体験がゼロなもので。こんな当たり前の質問すら鬱陶しいですよね」

「え、あ、いや、そんなことは」

「なら教えてください。恋の芽生えというか、恋の始まりと、終わりってどんなものですか」

「……それは」

山崎は無意識に、左手の親指と人差し指の腹をすり合わせた。

恋、と聞かれて思い出すのは、後にも先にも初恋のみ。その後付き合った女性もいたが、果たして恋と呼べるものだったのだろうか。

「恋、の始まりは」

なぜか山崎の頭の中で、京都市内を流れる鴨川《かもがわ》の風景がふと浮かんだ。

大きな翼を広げて青空を泳ぐ鳶《とび》。鳶に取られないようにと、出町柳《でまちやなぎ》で買った豆大福を素早く口に放り込み、両頬を大きく膨らませた彼女。そんな彼女が面白くて、そして可愛《かわい》くて、思わず笑みを零《こぼ》している自分の姿。初めてのデートは、近所を散策しただけ。けれども彼女と見た光景は、いつもと違って自分の目に鮮やかに映った。そして、今でも覚えていることに驚く。

「ふとした時に、その人のことを考えていたり。その人の言動に一喜一憂したり。ふとした幸せを共有したいと思ったり……。そうした些細《ささい》なことの、重なり……でしょうか」

言葉を紡ぎながら、次に浮かんだ光景は、倉吉から京都へと帰る電車の車窓だ。

夕日が沈み、赤色を失って次第に暗くなる空。ほんの少し赤みを残した海が、波と共に今までの思い出を攫《さら》っていくようだった。恋で涙を流したのは、あの時だけ。

「終わりは……どういうものでしょうか。始まりの気持ちは、嘘《うそ》ではなく確かに本物。

……でも、時間や環境でそれぞれの気持ちに変化が起こって、すれ違うこともある。変わらないままが一番良いでしょうが、それができないから、どうしようもない別れが来るのかもしれません」

「……別れてからも、忘れられないものなんですか」

薄く笑いながらもどこか苦し気な表情の山崎を見て、御影は尋ねた。

「忘れることはない、と思います。忘れてしまうようなものは、そもそも、恋ではないでしょうから」

その後付き合った女性たちとの思い出は、正直あまり覚えていない。映画のフィルムが淡々と流れていっただけのよう。真琴との思い出のように、フィルムの一コマ一コマを取り出せるわけではない。

「立花さんは、大切な恋をされたのですね」

御影の言葉に、なぜか運転手も深く頷《うなず》く。

放っておいてくれとバックミラー越しに運転手を睨《にら》んだ後、山崎は再び車窓を眺めた。

今、目に映るのは京都の鴨川でも鳥取の海でもない、車と人で混雑する東京の光景。

——確かに、あれは恋だった。

傷つけるのも、傷つくのも嫌で、重い蓋をして閉じていた思い出と感情。

ああそうか、と今更ながらに思う。自分の心を守るために、真琴と別れて以来、ろくな恋愛をしてこなかったのか。それでますます恋から遠ざかり、面倒くさがるようになって。

（……最低だな、俺は）

山崎は自嘲しつつ、一刻も早い到着を願った。


十二時五十五分。薬局で正露丸を購入して御影に飲ませ、なんとか控え室で待機させた山崎は、疲れ切った表情で壁にもたれかかっていた。

薬を飲んで精神的に落ち着いたのか、彼女は緊張した面持ちながらも、コミカライズを担当してくれている日比野とも握手を交わしている。

「危なかったね、玲子」

姫島がいちごミルクのジュースを差し出した。いつも立花が飲んでいるものだ。普段なら飲まないが、今この時は、なぜか無性に欲しい気持ちだった。ストローを突き刺して一気に飲み干す。

「前代未聞。こんなこと普通はない」

「そう言いなさんなって。大体、仕事やってて普通なんてものはないわよ。いくら準備してたって、予期せぬトラブルは多いでしょ。特に編集なんて」

「それは……」

だからといって、緊張でトイレから動けない人間を初めて見た。立花の担当作家たちは、癖のある人間が多い気がする。

「さ、行きましょう。そろそろ時間よ」

十三時になり、会場となるブースに控え室から移動する。会場には、整理券を手にしたファンたちがずらりと並んでいた。

ちらり、と御影の顔を見た。強張《こわば》っていた表情が驚いたものになり、口元に喜びが宿る。

山崎は、御影の側でファンとの対面を静かに見守る。

読者の嬉しそうな表情、温かな感想や応援の言葉。それを受け取り、感謝の意を伝える御影の顔には、おどおどしつつも幸せが満ちている。

作品が、本当に読者に届いていると感じる瞬間。

たとえ編集部が替わったとしても、作家と読者がいる限り、自分がすることに変わりはない。女性向けの文芸で働くことの、何を嫌がっていたのだか。

作家と本を作り、読者に届ける。ただそれだけのこと。どこにいたって、編集としてやるべきことは同じ。自分の私情なんて不要。むしろ、私情すら糧として利用すべきだ。今までに得た経験は、何一つ無駄ではない。

『君はもっと、視野を広く持った方が色々と楽しめる。偏ってはいけないよ』

どうしてか、前の編集長の言葉が蘇《よみがえ》る。

今の部署は自分にとって鬼門だと思っていたが、もしかしたらそうではないのかもしれない。真琴から連絡が来たことも、自分を見つめ直すための良い機会なのか……。

しかし真琴に会うにも、この体のままで会えるわけがない。直接話をするには、入れ替わりを解かなければ。

(短時間だが元に戻った時があった。……あれはいったい、何がきっかけだったんだ)

絶対何か、きっかけがあるはず。

立花の元カレから金を取り返した日は、あいつの家で掃除をしていた。それであいつが酒を飲んで、勢いのままカフェに乗り込んで、体が元に戻って、金を取り返して。——で、その次の日また入れ替わっていて。

(……ん?)

そこで、山崎はあることに気づいた。

確か初めに入れ替わった前夜、立花と酒を飲んでいた。あの居酒屋で。で、元に戻った時。立花があの店でもらった酒を一人で飲んだ。入れ替わったのは、その後だ。

もしかして、共通するのはあの酒か——？

山崎は目を眇《すが》めた。

そしてその日の勤務終わり、山崎はあの女将《おかみ》のいる居酒屋を訪れようとした。しかし看板は出ておらず、それどころかビルは廃墟《はいきょ》のように物静かで人気がなかった。灯《あかり》が全くついていない。

ぞくりと鳥肌が立った山崎は、玲子に相談するべく足早に帰路についた。

六話

玲子《れいこ》は職場の椅子に背を深く預け、天井を見上げていた。

思い出しているのは、昨夜の山崎《やまさき》とのやり取りである。

『え、幽霊だ？　山崎さん、自分が何を言ってるか分かってますか？』

玲子は風呂上がり、タオルで髪を拭きながら、とんでもないことを言い出した山崎を振り返った。

『分かってる。でもな、どう考えてもおかしいだろ』

『まぁそりゃ、わたしが羽黒《はぐろ》さんと訪れた時も看板は出てませんでしたけど。あ……。でもそういえば、ビルの入り口自体も閉まっていたような』

『ほら、ほらな。絶対におかしい』

『えぇー。じゃあ、あの時の美人女将と美味《おい》しいご飯は一体なんだったんですか。本当に幽霊？　妖《あやかし》？　ちょっと、考えたら本当に怖くなってきたんですけど』

『俺だって怖いわ』

『いや、威張らないでくださいよ。……でも、怪しさ満載ですよね。やっぱり、わたしたちが入れ替わった原因はそこにあるんですかね』

『……かもしれない。おまえ、早く上がれる日はあるか。二人で調べに行くしかないだろ』

『えっ、怖いです嫌です』

『俺だって嫌に決まってんだろ』

『ですよねぇ……。ええと、しばらく予定は詰まってますね』

『俺もだ。土日は取材で予定が埋まってる。なら、お互い早く上がれる日があれば行くぞ。あのビルに』

『……はい』

　という会話が、昨夜繰り広げられていたのである。

　恐ろしい事態になったもんだと、玲子は顔を青くさせながら頭を抱えた。玲子は昔から、お化け屋敷《やしき》やらホラーが苦手である。

「山崎。百面相してるところ悪いが、ちょっといいか」

「あっ、は、はいっ」

　ついて来いと荒木《あらき》が手招きするので、玲子は首を傾《かし》げながら彼の後をついていく。

「実は、砂羽《さわ》が来てるんだがな」

「砂羽さんが？」

砂羽とは、富田《とみた》文庫の看板作家の一人である。ファンタジーから現代ものまで幅広く手掛け、最近では彼女の作品がドラマ化されたところだ。

現在は次回作のプロットを構想中であるため、こちらから積極的な連絡は取っていない。ベテラン作家なので、考えが纏《まと》まるまではそっとしている。

「担当のおまえにも一緒に話を聞いてもらう」

「え？」

荒木は打ち合わせブースの前で足を止め、扉をノックした。

「おい砂羽、連れてきたぞ」

「ありがとう、たっちゃん」

厳《いか》つい荒木を親し気にそう呼んだのは、着物に身を包んだ女性――砂羽だった。

髪はショートカットで、花の髪飾りをつけている。和装は彼女のトレードマーク。砂羽が作家デビューした時の担当が荒木であり、二人は長年に亘《わた》る付き合いだ。

「ごめんね、突然呼んじゃって」

「いえ」

机を挟んで、荒木と玲子は彼女の前に着席する。

だが一体何の話なのだろう。プロットの件だけなら、編集長がわざわざ同席しないだろうし。

するど、砂羽は困ったように笑いながら玲子を見つめた。

「あのね、山ちゃん。実はね、わたし病気になっちゃって」

「え!?」

玲子は驚いた声を上げた。っていうか山ちゃんって呼ばれているのか、山崎さん。

「あ、大丈夫だよ。死ぬとかそういうのじゃないんだ。でも、わたしにとったらすごい痛手。局所性ジストニアっていう病気なんだって」

「ジストニア？」

聞いたことのない言葉に、玲子は横にいる荒木に視線で答えを求める。

「俺も知らなかったんだが、特定の動作をする際に自分の意思とは関係なく、筋肉が異常に収縮してしまう病気らしい。例えばピアニストがピアノを弾く際、鍵盤を打てなくなる。文字を書く際に手が強張って、文字が書けなくなる。他の日常生活では何ら問題ないらしいが」

「そうなの。ねえ、これを見て。自分で撮った動画なんだけどね」

砂羽はスマートフォンを取り出し、一本の動画を再生した。

パソコンで文字を打っている砂羽の手元が映し出されている。だがその動きはおかしい。

キーボードから指が離れずキーを押し続けているし、指が動いたと思っても、パソコンに浮かぶ文字は誤字が多く、意味を成していない。次の場面は、砂羽がボールペンで文字を書いているところだ。手に異様な力が入り、文字は震えている上に歪《ゆが》んでいる。

「汚い字でしょ。脳の病気なんだって。難治性で、完全な回復は難しいみたい。他の動作は何も問題ないのに、書く、キーボードを打つ作業ができなくなってるの」

「そんな……」

砂羽は動画を停止すると深いため息をついて、頬杖《ほおづえ》をついた。

「医者からはしばらく、仕事から離れて治療をしろって言われてるの。といっても、まずは一般的な対症療法。手術っていう手もあるけど病院が限られてて。それに手術ってなると、手術後のリハビリも結構時間がかかりそうなの」

「それは……辛《つら》い、ですね」

玲子が呟《つぶや》くと、砂羽は大きく頷《うなず》いた。

「辛いよー。でもそれよりも、わたしは悔しいの。山ちゃん」

「悔しい、ですか」

「だって、プロットはもう頭の中でできてるの。最後まで考えてる。キャラクターが頭の中で煩《うるさ》いんだもん。ああしろ、こうしろって。動き回って落ち着かないよ。あーもー悔しい。本当に悔しいよ！」

文字通り地団太を踏む砂羽は三十代だが、子供のようにマイペースで感情に素直な人間である。おそらく天才気質なのだ。それは編集部の皆が認めている。常に作品を書いていなければ落ち着かないし、それに一度仕事に没頭してしまうと、日常生活に支障をきたすことが多々あるらしい。食事をすることを忘れ、掃除洗濯、風呂に入ることまで後回しにしてしまうため、家事代行サービスを荒木が勧めたとか。

荒木は嘆息し、砂羽に「落ち着け」と言葉をかける。

「あのな、医者が休めって言ってるなら休め」

「やだ!」

「やだじゃねえよ。俺の方でも病院を調べておくから、今は休む時だ。おまえ、年中無休で文字書きしてんだから少しは休め」

「いやよっ。だって、頭の中が煩いんだもん」

「おまえが煩い」

「なによなによっ。人が相談しにきたのに!」

「いいか、おまえは今病人なんだよ。ドクターストップがかかったなら、それに従え」

「ねえ、山ちゃん優秀なんでしょ、なんとかならない?」

「おい、無視か」

「え、あ、いや、でも……」

「ね、仕事できる方法何かない？　とりあえず今考えてる次の作品をなんとかしたら、一回頭の中は落ち着くと思うんだけど」

「えぇっと……」

「わたしの担当でしょ？　助けてくれるよね」

「こら、山崎を困らせるな」

「ね？　ね？　助けてくれるよね？」

玲子に顔を近づけて圧を放ってくる砂羽を、荒木が無理やり引き離した。

「なによ、たっちゃんの馬鹿！　意気地なし！」

「おまえな、そろそろ本当に怒るぞ」

荒木が凄《すご》めば砂羽はキッと睨《にら》み返し、「もうたっちゃんなんて知らない！」と捨《す》て台詞《ぜりふ》を吐いて帰ってしまった。嵐のような女性である。

玲子は今まで砂羽の担当になったことがなかったが、これは中々骨が折れそうなお人である。荒木も疲れたようで、ため息を吐き出して低い天井を見上げた。

「すまんな、あいつ一度スイッチ入ると止まらないんだよ。ったく」

「ハハ……」

「あいつ、デビューしてから毎日毎日この仕事して休んでないから、どこかでガタが来ると心配してたが、まさかこんなことになるとは……。作家がスランプで書けなくなることは多々見てきたが、物理的に書けなくなるとは。……辛いな」

荒木の言葉が、重々しく空気に溶けた。


「そうなんです。今後、どうすればいいのか」

玲子が家に戻ると、風呂上がりの山崎がビールを飲んでいた。砂羽のことを説明しながら、玲子は料理に取り掛かる。

「え、砂羽さんが？」

買ってきた豚ひき肉と、みじん切りしたニラとキャベツ、ニンニク、塩コショウ、しょうゆ、ごま油を混ぜ合わせる。油をひいたフライパンに餃子《ギョーザ》の皮を並べ、その上に先程混ぜた肉を敷き詰めて形を整える。そして餃子の皮で肉を挟むように、さらに皮を上に並べる。

「なんだ、それ」

「餃子です。包むのが面倒くさいので、一気に焼いてしまいます」

焼いている間に、作り置きしていた蓮根《れんこん》のきんぴらを取り出し、卵の中華スープをささっと作る。

山崎はその間に餃子のたれを作り、食器を取り出していた。

餃子が焼き上がり、フライパンのまま玲子はテーブルに運ぶ。

「いただきます」

二人は手を合わせ、仕事終わりの空腹を満たしていく。玲子も缶ビールを開けて、喉を潤す。

「ビールと餃子は鉄板ですね」

「だな」

「で、山崎さん。話は戻りますけど、砂羽さんの件はどうしますか」

「んー……。病気だからな。正直、ドクターストップがかかっているなら、今はそれに従ったほうがいいと思うけどな」

山崎は餃子を食べながら答える。

「でも砂羽さん、意地でも諦めない様子でしたよ」

「そこなんだよな……。安静にしろって言っても、聞く耳持つような性格ではないのは分かってるし。連絡来てないか、彼女から」

「え？　いや、まだ見てなくって」

仕事用のスマートフォンを取り出せば、彼女からのメールが届いていた。

メールを確認して開いてみると……。

「ひぃっ」

玲子は短い悲鳴をあげた。

メッセージには「書きたい」という文字がびっしりと埋められている。

「やっぱな。俺も一度、受け取ったことがある。書きあげた原稿の感想を寄越せと、夜中に『感想ほしい』の羅列が届いた」

「ホラーじゃないですか、怖っ」

玲子は画面を閉じ、ビールをぐびっと飲む。彼女、絶対に諦める気がない。

「確かに彼女は素直に諦めることはないだろうな。それに編集者として彼女の性格はともかく、才能は惜しい。どうにかならないもんか」

「ですよねぇ」

小皿に取り分けた餃子をぼんやりと眺めながら、玲子は考える。

帰りの電車の中で、局所性ジストニアのことはある程度調べた。完治するという治療法はなく、主に対症療法で様子を見ることが多いようだ。脳外科での手術という手段もあるようだが、リスクが伴うし、国内での医療機関も限定されてくる。

箸で餃子を切りながら、玲子はうーんと唸《うな》る。

「編集長が言ってたように、まずは治療してから考えてみるっていうのは、駄目なんですかね」

「構想しているものを作って納得しないと、治療に専念できないんだろ。彼女の性格上」

「んー……」

餃子をぱくりと食べる。皮がぱりっと焼けていて、挟まれた肉はジューシー。我ながらいい出来栄えだ。

「皮も美味《うま》いな」

「でしょ。わたし、餃子の皮がカリッとしてるのも好きなんです。上下の皮でサンドするのもいいでしょ？」

と、そこで玲子はあることを思いついて動きを止めた。

「あの、山崎さん」

「ん？」

「物語を両側から挟んでしまったらどうでしょう」

「はぁ？」

玲子は箸を置いて、目を輝かせて山崎を見た。

「一人で無理なら合作という形はとれませんか、砂羽さんの新作。砂羽さんが物語の土台を作って、それを別の作家さんに書いてもらうんです」

「それは……。けど、砂羽さんが許すか。彼女、自分が書きたいんだろ」

「でも彼女、頭の中が物語で煩いって言ってたんです」

「んー……。まあ、確かに作品は作れるか。けど砂羽さんが納得したとして、誰に打診するんだ？　相方となる作家は大変だぞ」

「分かりません。砂羽さんが認める人……ですかね」

「彼女は自由人な上、作品以外にあんま人に興味がないからな。協力してくれる人間、いるのか」

「うーん」

我が道を行く砂羽と仕事をしてくれる人物。砂羽のペースに巻き込まれて、憔悴《しょうすい》しきってしまうかもしれない。

「とりあえず明日、編集長に相談してみたらどうだ。編集長は彼女と長い付き合いだし、色々アドバイスをくれるかもしれない」

「はい」

玲子は頷き、やれることはやってみようと残りの餃子を平らげた。

「合作か、なるほどなぁ」

玲子は荒木の元へ足を運んでいた。彼は京都で買ってきたコーヒーを淹《い》れて飲んでいる。その目元には珍しく隈《くま》ができていた。

「いいんじゃないか。今、構想中の作品が形になればあいつは一旦落ち着くだろう。砂羽の奴、夜中に何十回と電話をかけてくるんだ。何か手を打たないと、この俺がノイローゼで倒れちまう」

「……それは、お疲れ様です。でも、砂羽さんは人に作品を任せること、嫌じゃないですかね」

　すると荒木はマグカップを机に置いた。椅子の背もたれに深く背中を預け、立っている玲子を見上げる。

「おまえ、あいつの執念を見くびるなよ。あいつほど、仕事を愛してる人間はいないと俺は思ってるぞ」

　にやりと、荒木が笑う。その目には砂羽に対する絶対的な信頼が表れているようだった。

「なら、タッグを組む相手だな……。一人、目ぼしい奴がいるが。さて、あれ以来口も聞いてないだろうが、いい機会か」

　すると編集長は、今度は「立花《たちばな》！」と言って山崎を呼んだ。

「はい」

「悪いんだがな、立花。魚住《うおずみ》さんに連絡をいれろ」

「魚住さん、ですか」

「え、ちょ、編集長！　まさか、魚住さんに打診する気ですか!?」

　あの気性の激しい魚住八重《やえ》を思い出し、玲子は慌てた。

「そうだ。あの二人、元は友人なんだよ。デビューしたのもほぼ同時でな。ただSNSで派手に喧嘩《けんか》をしてから口も聞いてないだろうけど」

「だ、大丈夫なんでしょうか」

「さあ。だが、砂羽の自由奔放さに合わせられるのは、彼女と同じ熱を持った人間だけ。なぁ、立花。魚住さんの初稿の出だしに目を通したが、彼女、かなりやる気が入ってんな」

「はい。かなり、面白いものになるかと」

山崎が迷いなく頷《うなず》いた。

「もう一度咲こうとしてんだ、彼女も。だからこそ、このタイミングはチャンスだ。以前の彼女なら取り付く島もなかっただろうが、今なら聞く耳を持つかもしれん。——いいか。おまえら二人、担当として彼女たちを話し合いの場に連れてこい。彼女たちのわだかまりを解いて、そのプロジェクトを形にしてみせろ」

玲子と山崎は互いに顔を見合わせ、力強く頷いた。

玲子は数日後、都内のカフェにて砂羽と机を挟んで向かい合っていた。

「珍しいねえ、山ちゃんがハニーミルクラテ飲むなんて」

「いや、その、たまには甘いものもいいかなと」

山崎の目がないのをいいことに、玲子は好みのドリンクを注文していた。ちなみに砂羽は抹茶ラテだ。

「で、話ってなに？　何かいい方法見つかった？」

砂羽は身を乗り出し、玲子の目を覗《のぞ》き込んだ。砂羽の目は期待に満ちている。

（ち、近い。顔が）

玲子は上半身を反らしつつ、小刻みに頷いた。

「先日の件で、ご相談がありまして」

「うん、うん、うん」

「その、合作はどうかと考えまして」

「合作……。なにそれ、気になる、どういうこと？」

「ストーリーの構想は砂羽さんが作り、相方となる作家さんが文字で起こして一冊を仕上げるんです」

「え、そんなことできるの!? したい、わたし、なんでもするよ！」

砂羽の双眸《そうぼう》が子供の様に無邪気な輝きを放つ。

「でも、誰が協力してくれるの？　合作の話をしに来たってことは、ある程度目星がついてるんでしょ？」

「あの……。魚住さんに、打診しようと考えています」

すると、砂羽の動きがピタリと静止した。彼女の瞳孔が大きく広がったのが分かる。その眼《め》の中心には、痛みを伴った哀《かな》しみがあった。

砂羽は何かを言おうとしたが、口が僅かに動いただけで、音にはならなかった。身を引き、力を失ったかのように背もたれに体を沈ませた。今まで気になりもしなかった、周囲のざわめきが耳に入ってくる。

顔を俯《うつむ》かせた砂羽は、自嘲の笑みを漏らした。

「うおちゃん、か。なるほど……。確かに彼女の技術なら、信頼できる。きっと、綺麗《きれい》なものを書いてくれる。ねえ、これはたっちゃんの入れ知恵だね」

砂羽は頬にかかる髪を耳にかけた。

「でもね、わたしは彼女を傷つけた。わたしね、この通り馬鹿正直にしかものを言えなくって。……彼女のシリーズ二作目が出た時ね。彼女とのやりとりで感想を求められて、面白くないって言っちゃったの。上手《うま》く言えないけど、芯がなくて、無理やり仕上げたような作品だったから。うおちゃんらしくなかったの。普通、そんなこと言われたら怒るよね。わたし、そういうところがダメなのにさ。……結局それで喧嘩しちゃって、以降は全く連絡取ってないの」

「……魚住さんとでは、無理、ということでしょうか」

「だって、今更どんな顔して頼めばいいの。謝ったところで虫が良すぎるって、馬鹿なわたしでも分かるよ」

砂羽は言葉を切り、自身の膝に視線を落として押し黙ってしまった。

玲子は悩むように眉間に皺《しわ》を寄せる。二人の事情なんて、彼女たちにしか分からない。砂羽の肩を持つわけではないが、砂羽はプロ作家だ。作品に妥協は許さない。納得いくものができるまで、何度も何度も書き直すという。

そんな彼女のことだから、作品について意見を求められたら、色々と思うことがあったに違いない。伝え方が問題だったにしろ、彼女の忌憚《きたん》なき意見だったのだろう。

一方の魚住は図星を突かれたからか、直球な物言いに傷ついたのか、素直に彼女の意見を受け取れなかったのだろう。

(魚住さん、か)

玲子は、本来の担当作家である魚住と腹を割って向き合えなかった。結局、山崎が彼女に発破をかけ、新しい道を提示した。

これ以上彼に負けていられないし、何より自分は読んでみたいと思う。二人が作り上げる作品を。

(山崎さんなら、どうやって砂羽さんを引っ張り出すだろう)

玲子は考える。自分としては、砂羽が逃げているように思う。そりゃそうだ。関係が拗《こじ》れた人間と向き合うのは、とても怖いし不安だ。自分だって、向き合うのが嫌だと思う。

それこそ魚住とのように。

でも、逃げていても変わらない。一度できてしまったわだかまりは、澱《おり》の如《ごと》く腹の底に沈殿して溜《た》まったまま。見ないふりはできても、消えることはない。自らが解決しようとしない限り。

玲子は意を決して面を上げた。山崎のように発破をかけろ。自分に、そして目の前の砂羽に。

「そんなものですか。砂羽さんの意気込みは」

「え？」

突然の玲子の言葉に砂羽は首を傾《かし》げる。玲子は一回深呼吸してから、言葉を続けた。

「砂羽さんはひたすら、休むことなく物語を書いてきたじゃないですか。そして病気でも、どうにかして作品を作りたいと仰《おっしゃ》いました。なのに――。せっかくチャンスがあるのに、どうして摑《つか》もうともせずに逃げるんですか」

砂羽の丸い目が、大きく見開いた。

「正直俺には、どちらが悪いかなんて分かりません。お二人にしか分からないことです。でも、砂羽さんが悪かったと思っているのなら……。まず、謝るところから始めなければいけないのでは？　謝ったところでと仰いましたが、砂羽さんはまだ、謝ってすらいません。俺からすれば綺麗な理由を並べて、逃げようとしているように見えます。だからお聞きしました。砂羽さんの意気込みは、そんなものなんですかと」

玲子は静かに砂羽の表情を見つめた。彼女は唇を軽く嚙《か》み、視線をカップに落とした。

カップの中では、葉っぱの形をしたフォームミルクが抹茶の上に浮かんでいる。

「……無理」

砂羽がぽつりと呟《つぶや》きを零《こぼ》した。

「え？」

「やっぱり無理だよ、山ちゃん」

「無理、というのは――」

困惑する玲子に、砂羽は困ったような笑みを浮かべた。

「このまま何もせずに諦めるのは無理だね、っていう意味」

砂羽はスプーンで抹茶ラテをかきまぜた。葉っぱの形が崩れ、抹茶と混じり合っていく。

「うおちゃんと合作って聞いた途端、無理だと思った。でも同時に、想像してしまったの。二人でやいやい言い合いながら、作品を作り合う光景を。打ち消そうとしても、消えてくれない。彼女ならどんな風に描くかな。どんな風に物語を捉えるかなって、想像だけが膨らんでいく。……全く、山ちゃんは相変わらずきついよ。人の痛いところ突いて、発破かけてくるんだもん」

「なら――」

砂羽はスプーンから手を離すと、期待に目を輝かせる玲子に向き合った。そして、深く頭を下げる。

「お願いします。うおちゃんと話し合う機会をください。これは、わたしが話さなければいけないことだから」

「あ、ありがとうございます！」

勢いよく礼を言えば、砂羽はおかしそうに噴き出した。

「どうして山ちゃんがお礼を言うのよ。言わなければいけないのは、わたしだよ。……でもね、これだけはお願いしたいの。病気のことは抜きで、うおちゃんに打診してほしい。病気のことは、自分から話すから」

玲子はしっかり頷き、彼女の手を取った。

「分かりました、担当者に伝えます。必ず、話し合いの場を設けますから！」

すると、どうしてか砂羽は目を瞬《しばたた》かせた。

「山ちゃん、なんかおかしくない？」

「え？」

「山ちゃんが、素直に感情を露《あら》わにして人の手握るなんて、めっちゃ怪しい。いっつも可《か》愛《わい》くないのに、なんか可愛い。さっきも言ったけど、ハニーミルクラテなんて飲まないし」

「えっ、あっ、これはその、断られると思ってたので、つい嬉《うれ》しくなっただけです」

玲子はしまったと、慌てて砂羽から距離を取る。一方の砂羽は、怪しむように目を細める。

「いつもはさぁ、顔が近い、離れてください、煩《うるさ》いです、何度も言わずとも聞こえています、簡潔に話をまとめてください、とかさぁー。そりゃもう偉そうに冷たく言うのにさぁ。なんていうの、言うならばたっちゃん二号って感じ。なによ、彼女でもできて改心したわけ？」

「き、気のせいです。彼女なんていません。その、砂羽さんが普段と違ってやけにしおらしいから、こっちもペースが崩れただけです。そう、全部砂羽さんのせいです」

普段の山崎をイメージし、玲子は眼鏡をくいっと押し上げ、慌てて取り繕う。

「はぁー？　なによ、こっちだって人並みに悩んだりするんですけどー!?　あーあ傷ついたぁ。乙女のハートが傷ついたぁ。山ちゃん、今度お酒奢《おご》ってよ」

「えぇ!?」

無事に砂羽を引っ張り出せそうだが、酒を奢るはめになった玲子であった。

後日、玲子から報告を受けた山崎は、魚住と共にホテルのティーラウンジにいた。

先に魚住がやって来ていて、どうしてか、アフタヌーンティーセットが二人分注文されていた。

テーブルの上には三段のケーキスタンド。そこには春らしい、女性が好きそうなものがぎっしりと詰まっていた。下段にはミニチーズバーガーに、野菜と厚切りベーコンがたっぷりと挟まったサンドウィッチ。中段には苺《いちご》のグラスショートケーキ、さくらのモンブラン、苺のダックワーズ。上段にはベリーのタルト、さくらのエクレア、苺のマカロン。

「あの、一体これは……」

呆然《ぼうぜん》とする山崎に、魚住はばつが悪そうな表情をしてそっぽを向いた。

「わたしの奢り。この間、ここであなたに悪いことをしてしまったから。……何よ、その顔。いらないの？」

そういえば立花が道端で泣いていたあの日に、目の前の彼女と揉《も》めたんだっけか。なるほど、と山崎は僅かに微笑《ほほえ》んだ。どうやら彼女なりに気を遣っているようだ。胸やけがしそうだが、今は立花の体だと思ったら完食できそうな気もする。

「もちろんいただきます。ありがとうございます」

礼を告げると、魚住は睫毛《まつげ》を伏せ、気恥ずかしそうに頬をほんのりと赤く染めた。

二人は、下段のサンドウィッチから食していく。

「それで、話ってなに。新作を依頼したいって」

「実は、少し変わったプロジェクトを考えていまして」

「プロジェクト？」

「ええ。作家さん二人の合作で、本を作りたいと思っています」

魚住は、一瞬息を呑《の》んだ。

「……合作」

「はい。原案を別作家さんが担当。文字に起こすのを、魚住さんにお願いしたいんです」

魚住は齧《かじ》りかけのサンドウィッチを小皿の上に一旦置くと、ホットコーヒーを口に含んだ。

「どうしてわたしなの。正直、わたしは人との共同作業には向かないって自覚あるけど。その、性格的にね」

「編集長が、是非とも魚住さんにお願いしたいと。――そして、原案を担当する砂羽さんからの強い希望でもあります」

思わぬ話に、魚住は静かに目を見開いた。

「砂羽が？」

「はい」

「なんで」

「詳しいことは直接ご本人から、説明があるかと」

魚住は眉根を強く寄せ、俯いた。

「……無理よ。今更、どうやって顔を合わせろっていうのよ。ねえ、あなたはどこまで聞いてるの？　わたしと砂羽のこと」

「魚住さんの作品に対する砂羽さんの感想がきっかけで、SNSで喧嘩をしたと聞いています」

俯《うつむ》いたまま、魚住は力なく頷《うなず》く。

「そうよ。わたしは彼女からのアドバイスを受け入れられなくて、勝手に怒って、一方的に連絡を絶ったのよ。……驕《おご》ってたのよ、わたしは」

「でも、砂羽さんはあなたとの仕事を強く望んでいます」

「売れなくなったわたしに、手を差し伸べてくれるってわけ？　相変わらず優しいわね」

「魚住さん、どうしてそんな言い方をするんですか」

自嘲する魚住に山崎は声を尖《とが》らせた。しかし面を上げた魚住の表情を見て、言葉を呑み込んだ。彼女は今にも泣いてしまいそうな顔をしていた。そしてその表情のまま、先程の言葉を打ち消すように首を横に振る。

「ごめん、分かってる。砂羽がそんな厭《いや》みな子じゃないってことくらい。でも、今更なのよ。どうやって砂羽の前に出ていけっていうのよ」

「……プライドが、許しませんか」

「違う、もちろん謝りたい。それに作品だって、砂羽と作れるのなら一緒に作りたい。あの子の想像力は、わたしの範疇《はんちゅう》をいつも超えていく。羨ましいくらいに。だからわたしは、彼女に食らいついていきたい」

「なら、なんで——」

「……怖いのよ」

ぽつり、と魚住は震え声で呟いた。

「砂羽に会いたい、でも、怖い。どんな目で見られるんだろうって、不安でしかたがないのよ。砂羽はいつも真っすぐに人を、物事を見るんだもの。……今のわたしを見て、幻滅するんじゃないかって」

唇を震わせる魚住に、山崎は睫毛を伏せた。本当に不器用な人だと思いながら。でも魚住を見ていると、自分を見ているようにも思う。いや、自分を含めた大人全般を。

子供の頃、喧嘩をすれば〝ごめん〟と素直に謝ることができていた。それに様々な問題が目の前に立ちはだかっても、越えられずとも、立ち向かっていく勇気があった。

なのにどうしてか、大人になるとしょうもない感情が邪魔をして、素直になれなくなっていく。臆病になって、何かと理由をつけて、自ら選択肢や可能性を狭めていってしまう。

だからこそ砂羽のように前を向いて、何があってもがむしゃらに挑戦しようとする姿勢が、とても眩《まばゆ》く、鮮烈に感じる。

ふと、立花の姿が思い浮かんだ。彼女もまた、砂羽のように真っすぐだ。

仕事では詰めが甘くて、感情的な部分もあるけれど。きっと、立花なら目の前の彼女に対しても——。

「……魚住さん。頑張りませんか」

「え？」

山崎は魚住を、真正面に捉えた。

きっと、立花だったらこうする。感情も言葉も飾らず、ただ真っすぐに手を伸ばす。

「魚住さんはこうやって今日、わたしに歩み寄ってくれました。それと同じだと思います。砂羽さんがくれたチャンスです。砂羽さんに謝罪したいというなら、この機会を逃してはいけないと思います。あなたが新作に一歩踏み出そうとしているように、砂羽さんにも一歩、踏み出しましょう。このまま喧嘩別れしたままなんて、人生勿体《もったい》ないじゃないですか」

「……え？」

「まずは会いましょう。まだ会ってもないのに、ああだこうだと考えるのはやめましょうよ。やることやらないで、ぐだぐだしているのが一番良くないです。時間の無駄です」

山崎がそう言って笑えば、魚住は虚を衝《つ》かれたように目をまん丸くさせた。そして、呆《あき》れかえったように笑う。彼女の顔から迷いが消えた。

「時間の無駄、か。人が悩んでるのに、本当にあなた、好き勝手に言ってくれるわね」

「お二人の作品を拝見してみたいと、思いますから」

「あっそ。……分かった、引き受けるわ」

「ありがとうございます」

「別に。あなたのためじゃなくて、自分のためだから」

魚住は可愛げなく言うと、食べかけのサンドウィッチに勢いよく齧《かぶ》りついた。

相変わらず素直じゃない人だ。でも、彼女は進もうとしている。編集長も言っていた、もう一度返り咲こうとしていると。なら自分は、その背をそっと押そう。一人の編集者として。作家として足掻《あが》く彼女の背中を。

「何ボケッとしてんのよ。人が奢ってるんだから、残したら許さないわよ」

「はいはい、すみません」

「なによ、偉そうね。馬鹿にしてるの？」

わざとらしく眉根を寄せる魚住に、山崎は面白そうに肩を揺らした。

そしてマカロンを手に取り、口に入れる。外はかりっとしているのに、中はふんわりとした食感。苺の甘酸っぱい香りが口いっぱいに広がり、素直に美味《うま》いと思った。

（たまには、甘いものも良《い》いか）

そしてその日の終わりに、砂羽と魚住が同席する日が早くも決定した。

玲子と山崎は、二人して打ち合わせの準備に追われる。

砂羽から原案の内容を聞き取り、文字に起こして、新刊企画書をはじめとした資料をまとめる。砂羽は天才型だと気づいていたが、よくもまぁこんな話を思いつくものだと驚きながら。

打ち合わせ当日は、朝から雲合いが良くなかった。だからなのだろうか。今、この打ち合わせブース内も不安と緊張に包まれていた。

黒のストレートパンツに同色のニットを合わせている魚住。一方の砂羽は、落ち着いた藤色の着物に身を包んで、髪には前と同じ花の髪飾りをつけている。

二人はこの部屋に入ってからというもの、まだ一言も言葉を発していない。

ちらり、と助けを求めるように自分の姿――山崎を見たが、顎でしゃくられて終わった。

(ですよねぇ)

山崎には事前に言われている。年上である〝山崎〟が話を進めろ――つまり、玲子が打ち合わせの進行係だ。

玲子は意を決して口を開いた。

「あの、本日はお日柄もよく……」

「山崎さん、そんなにお天気良くないですから。さっさと本題にいきましょう。結婚式のスピーチでもあるまいし」

山崎から全く笑っていない目を向けられ、玲子は小刻みに頷いた。この場にいるのが自分と山崎だけなら、絶対に頭を叩《たた》かれている。

「どうしたの、山ちゃん。緊張してるの？　いや、わたしもものすっごく、緊張してんだけどね」

「え、砂羽さんもですか」

「だって……。会うの、本当に久しぶりなんだもん」

砂羽は、目の前に座る魚住にちらりと視線を向けた。魚住は唇を一文字に結んでいたが、砂羽の視線を受け、ようやく口を開いた。

「わたしだって、緊張してるわよ」

「うおちゃんは、そんな風には見えないよ。相変わらずシュッとしてるっていうか、シャンってしてるっていうか」

「相変わらず、作家のくせに擬音語が多いわね」

「うおちゃんこそ、言うことが相変わらずストレートじゃん」

「砂羽に言われたくないわよ」

とそこで、砂羽は顔を青くさせて口を閉ざした。彼女の行動の意味をすぐさま理解した魚住は、慌てて首を振る。

「ごめん、砂羽。違うの」

「ううん、わたしこそごめん。調子に乗って、つい昔みたいに……。あのね、まずはわたしから説明をさせてほしい」

砂羽は玲子に目配せした。玲子は頷き、魚住に作成した資料を差し出す。

「これが、考えている作品の概要。これをベースに、うおちゃんに物語を書いてほしいの」

魚住は資料を受け取ると、一枚目の企画書に目を通す。読んでいくにつれて、魚住の目が険しいものになる。眉間に皺《しわ》を寄せ、当惑しているような。考えあぐねるように、魚住の視線は資料の上を何度も彷徨《さまよ》った。ようやく彼女の口から出てきたのは「これ、ここのレーベルで書くつもり？」という砂羽に対する問いだった。

砂羽ははっきりと頷いた。

「思いつくのがこれだったの」

「でも、だからって……」

そう言いながらも、魚住の目は資料から離れない。いや、離れられないのだ。

砂羽が次回作に選んだのはダークファンタジーだ。それもひどく残酷な。

舞台は西洋ではなく、東洋をイメージした魔導師たちが生きる世界。序盤早々に血の臭いが立ち込め、主人公である二人の兄妹《きょうだい》が復讐《ふくしゅう》を誓うところから物語は始まる。生と死をテーマにしており、非常に重々しい内容だ。そして世界のからくりが、主人公二人の運命を大きく変えていく。最後のどんでん返しが、想像しただけで鳥肌が立って仕方がない。

「あんたの読者、離れていくかもしれないわよ。……テーマが、重すぎる。ラストだって、受け入れられるかどうか。主人公が死ぬなんて」

「どうして？　別の誰かが読んでくれるかもしれないじゃない。わたしは、書きたいものを書きたい。それが誰か一人にでも届いたら、それでいいもの」

砂羽は屈託なく笑った。

「うおちゃんが言いたいことは分かる。でも、どうしてもお願いしたいの。うおちゃんが書く文章は、うおちゃんみたいに綺麗《きれい》で繊細だから。――何より、わたしが信頼できる人だから」

砂羽は笑みを引っ込め、表情を引き締めた。そして姿勢を正して、魚住に向かって深く頭を下げる。

「どうか、協力してもらえませんか。この一作だけでいいの。うおちゃんが、わたしを許せないことは分かってる。都合の良いこと言ってるって自覚もある。――でも、力を貸してほしいの。どうか、お願いします」

魚住は苦し気に砂羽を眺め、顔を俯かせた。そして自嘲めいた笑みを口端《くちのは》に浮かべる。

「覚えてたんだ、あのこと」

「……うん、覚えてるよ。ずっと、言ったことを後悔してた。本当に、ごめんなさい」

「やめてよ。後悔されるほうが、惨めになる。大体、砂羽は悪くない。正直に言ってくれたのは砂羽、あんただけだったのよ。他の皆がくれた言葉は社交辞令におべっか。うっすらと分かってたのに、調子に乗ってたわたしは自分が楽に生きられる言葉を選んでしまったから。……その後、わたしが売れなくなって、砂羽が売れ出したのは道理なのに。それなのに、わたしはあんたを一方的に妬んだ。捨てきれない鎧《よろい》だけが、どんどん大きくなっていって。あんたから、距離を取るしかなかった。……ごめんなさい」

腹の底にずっと溜《た》まっていたものを吐き出すように、魚住は告げた。

「わたしは手放してしまったもの、諦めてしまったものが多くて、足掻いてでも取り戻さなきゃいけない。——だから、あんたに食らいついていくって決めたの」

魚住は立ち上がり、砂羽に向かって手を伸ばした。魚住の眼《め》には、強い決意が滲《にじ》んでいる。

「さっき言った批判は本当よ。でもそれ以上に、鳥肌が立つくらいに面白いと感じる。書きたい衝動に駆られる。読者に届けたいと思う。なら、やるしかないじゃない。抱いた批判なんて、面白さでねじ伏せればいい」

「うおちゃん」

魚住の台詞《せりふ》に、砂羽は弾《はじ》かれたように面を上げた。

「でも、合作だからわたしも意見を出すわよ。きっとたくさんぶつかる。それでもいいの？　わたしは、やるからには遠慮しないわよ」

「そんなの気にしない。あの頃みたいに、たくさん話そう。夜更かしして、ああでもないこうでもないって言い合いながら」

砂羽は泣きそうな顔で笑いながら、魚住の手を取った。

ここからが二人のスタートだ。凸凹な二人のことだ。きっと、すんなりとはうまく行かないだろう。けれど、二人が完成させる作品を読んでみたい。自分はそこに携われる。心が躍る。

（――ああ、そうか）

玲子はそっと、自分の胸元に手を当てる。忘れかけていたこの気持ち。自分の原点。

本が好きで編集者になったのに、どうしてそのことを忘れてしまっていたのだろう。

仕事の成果ばかり気にして、勝手に一人で落ち込んで、終《しま》いには逃げようとして。中身がなければ成果は伴わない。つまり、努力がまだまだ足りないんだ。自分が努力と思っていたものは、まだ努力なんかではない。ただの甘えだ。

彼女たちのように足掻け。必死に食らいついていけ。泣き言は言っても、諦めてはいけない。でなければ、人の心に残る本は作れない。

玲子は、ぐっと拳を握った。

「でも、気になることがあるんだけど」

魚住は手を離すと砂羽に尋ねた。

「なに？」

「どうして合作なの」

するとと、砂羽は忘れていたと言わんばかりに「あっ」と間抜けな声を出した。

「ジストニアのこと、言うの忘れてた」

「え？」

「わたし、局所性ジストニアっていう病気なんだって。ええと……あのね、見てて。説明するより、見た方が早いから」

砂羽は手帳とボールペンを取り出して、自分の名前を書こうとする。しかし指が強張《こわば》り、文字はなんとか読める程度だ。

「タイピングも覚束《おぼつか》ないの。上手《うま》く指が運べなくて、ろくに文章が打てない。日常生活は全く問題ないんだけど、どうしてか仕事をしようとするとこうなるの」

「……嘘《うそ》でしょ」

魚住は驚きに目を瞠《みは》り、顔色を変える。

「本当だよ。だからわたしは今、物語を書けない」

真っすぐに見つめてくる砂羽に、魚住は悔し気に唇を噛《か》んだ。そして、砂羽に向かって吠《ほ》える。

「馬鹿！　そんな大事なこと、どうして先に言わないのよ！」

「だって病気のことを先に言ったら、うおちゃん、同情で仕事引き受けるもん。そういうのは嫌じゃん」

「でも、大事なことでしょ！」

「大事なことだけど、それと同じくらい仕事も大事だし。どんな形であれ作品を書けるのなら、わたしは幸せだよ」

にこりと笑ってみせた砂羽に、魚住は毒気を抜かれたように口をあんぐりと開けた。

「信じらんない。あんた、本当に仕事馬鹿ね」

「だってわたしの天職だもん。というか、わたしが他の仕事に就けると思う？」

「無理ね」

「でしょ？　自覚あるんだよ、これでも」

砂羽の自己分析に、その場の誰もが同意した。

「なら、仕事を手伝うからにはちゃんと治療しなさいよ。病院、通ってるんでしょうね」

「うん、もちろん。この作品が終わったら手術も検討する。それでもうまくいかなかったら、足でタイピングできるように訓練しようかな。手が無理だったら、足が残ってるし」

「あんた、本当に諦めが悪いわね」

「諦めが悪いのが、わたしの良いところだからね」

砂羽はにんまりと笑うと、くるりと玲子と山崎の方を振り向いた。

「ねえ、二人は本当にいいの？　たぶん、すっごく調整が大変になってくると思うよ。どっちも合作なんてやったことないし」

「そうよね。っていうか、わたしたち二人を揃《そろ》えようとした時点で悩まなかったの？　その、ややこしいのは分かってたじゃない」

作家二人の問いに、玲子は山崎と目を見合わせた。そして、どちらからともなく微笑《ほほえ》む。それぞれの目に意気込みを滲ませて。

「あなた方がややこしいのは十分承知です。でも、一緒に苦労するのが編集の仕事ですから、とことん付き合います。面白い作品を世に送り出すために。だから、手探りでもやっていきましょう」

「そうです、どんと来いって感じですよ。一緒にやりましょう。お二人に負けないよう、こちらも頑張りますから。お二人が何度ぶつかって立ち止まろうとも、わたしたち編集が横にいます。皆一緒に一歩ずつ、進んでいきましょう」

胸を張る山崎と玲子に、砂羽と魚住の口元が綻びた。

「なんか、円陣組みたい気分だね」

「それはあんただけでしょ」

「そうかなぁ。じゃあ円陣組む代わりにさ、みんなで景気づけに飲みにいこうよっ。今日どうかな、わたしが奢《おご》るから——ね！」

「相変わらずのマイペース。人の予定、少しは気遣いなさいよ。わたしたちは良くても、編集さんは忙しいのよ」

　すると、山崎が申し訳なさそうに断りを入れる。

「あー……。ちょっと今日は、予定がありまして。また今度の機会にしていただければ、と」

「ほら見なさいよ」

「んー、じゃあわたしとうおちゃんで行こっ」

「嫌よ！　なんであんたと二人っきりで！　こっちはあんたとブランクあるんだからっ」

「なら仕事の話をしようよ。それならいいでしょ？」

「……まぁ、それなら」

　結局は砂羽のペースに巻き込まれている魚住に苦笑していると、山崎が意味深な目で玲子を見上げていた。玲子が視線に気づくと、山崎は顎で付き合えとしゃくる。

　玲子はすぐに察した。この後、あの居酒屋に行く気であると。


「山崎さん、お待たせしました」

　玲子は待ち合わせをしていたカフェに到着すると、山崎に声をかけた。彼はタブレットで仕事をしていたようで、玲子の姿を認めると片付けて立ちあがる。

「行くぞ」

「本当に行くんですか」

「行くしかないだろ」

「護符とかもらってくればよかったぁ」

やけに気合いの入った山崎の後を、玲子は及び腰でついていく。

「今更意味ないだろ」

「ですよね……。むしろ、あちらさんに逃げられたら解決できませんもんね」

玲子は項垂《うなだ》れ、意を決して鞄《かばん》の持ち手を握り締めた。

そして二人はあっという間に、あの時の雑居ビルの前に到着する。

「――あ、看板」

あの夜と同じように、〝おいしい地酒揃えてます〟という小さな看板が出ている。そしてビルを見上げれば、各階に灯《あかり》がついている。

全てが不気味に思えてきて、玲子は山崎の背後にサッと隠れた。

「おい、自分の姿を盾にするな」

「中身は山崎さんじゃないですか！　しかも山崎さんが幽霊とか言うから、なんかこの雑居ビルが怖く見えてきました……。わたし、お化け屋敷《やしき》とかそういうの、無理なんですよ！」

「俺だって嫌に決まってんだろ。でもおまえは、幽霊でも仲良くできるタイプの人間だろ。

羽黒と同類だ。おまえが先にいけ」

「はぁ？　意味わかんないです！」

「レディーファーストだ」

「都合の良いレディーファーストやめてくれますか！　そもそも今のレディーファースト、山崎さんですから！」

二人はやいやい言いながら、結局はじゃんけんで負けた山崎が先陣をきって乗り込むことになった。

「あら、いらっしゃいませ」

出迎えてくれたのは、美しい着物の上に、割烹《かっぽう》着を身に着けた美人女将《おかみ》である。

「どうされたんですか？　お二人揃って腰が引けてますよ」

彼女は恐る恐る様子を窺《うかが》っている玲子たちを見て、くすりと笑った。その美しすぎる笑顔がなぜだか怖い。

山崎は意を決して、玲子の手を引いて店の中に入る。

（山崎さん、絶対にビビりだな）

いや、人間味溢《あふ》れていていいけど、ちょっとは頑張れと思う。玲子もびくびくしながら、カウンター席に着く。

「……今日も客はいないんだな」

山崎が表情を引き締め、店内を見渡しながら口を開いた。

「あら。あなた方がいらっしゃいますわ」

「あっそ。……なぁ、あんただろ。俺らを入れ替えたの」

山崎は前置きもそこそこにして、話の本題を切り出した。

玲子は固唾《の》を呑んで、女将の反応を待つ。すると彼女は美しい笑みを、腹の底が見えない不気味なものへと変化させた。

「否定しないんだな」

「やはり、一馬《かずま》さんはお気づきになりましたか」

「どういうことですか、山崎さん」

すると山崎は、店内にずらりと並ぶ酒を指さした。

「酒だよ、酒。一度、おまえと俺が元の体に戻っただろ、半日くらい。おまえが詐欺師から金を取り戻した日を思い出せ」

「あぁ！」

「あの時、おまえはこの店の酒を飲んだよな。景気づけに」

「確かに飲みましたね、一気に」

「で、元の体に戻った。でも、翌日にはまた入れ替わってた。それから入れ替わった原因を色々と考えてはいたんだが……。この店の酒じゃないか、原因」

「え？」

いまいち意味が分からず、玲子はさらに首を傾《かし》げた。すると「察しが悪い奴だな」と山崎に舌打ちされてしまう。

「いいか、共通することを考えろ。初めて入れ替わった前夜、この店にやってきて俺ら二人は酒を飲んだ。元の体に戻った時は、おまえだけがここの酒を飲んだ。で、翌日にはまた入れ替わっていた。……あの酒は、当事者二人が飲まなきゃ完全に元に戻らないんじゃないのか？」

玲子はようやく納得したように頷《うなず》いた。

「つまり前回は、わたしが一人で飲んじゃったから、入れ替わり効果は中途半端だったってことですか」

「ああ」

「なるほど……。じゃああの時、わたしの勧めを断らなければ良かったのに！」

「おまえがラッパ飲みした後の酒なんてお断りだ」

「失礼な、この潔癖症！」

「――で、つまるところどうなんだよ」

山崎は喚《わめ》く玲子の顔面を片手で押さえながら、女将に答えを求めた。

彼女は笑みを崩さないまま、玲子と山崎の顔を交互に眺める。

「八割正解、としておきましょうか」

「八割？」

女将は深く頷いた。

「お酒の名前を憶《おぼ》えていますか？」

「えっと確か……ええっと」

「月の環《わ》」

「はい。それが、残り二割の答えです」

そして女将は、キッチンの奥から一本の酒を持ってきた。ラベルに、月の環と書かれている。それを二人の前に置いて、彼女は人差し指を立てた。

「お二人の魂が完全に入れ替わるには、条件があります。一つ、入れ替わる二人が揃ってこのお酒を飲むこと。そして二つ、お酒にまじないをかけるために月の魔力が必要です。特に、今宵《こよい》のような満月は最適ですね。力が一気に溜《た》まりますから」

女将は窓の外を指さした。玲子たちが目を向ければ、夜空には大きな満月が浮かんでいる。どうして満月が必要なんだと、女将を振り返った玲子は驚きの声をあげた。

「ね、猫耳！」

一瞬目を離した隙に、女将の頭にはふさふさとした猫耳が生えていた。玲子の声に、ぴくりと動いて反応を示す。

「嘘《うそ》だろ、おい」

山崎も、驚くあまり声が掠《かす》れている。

「わたくしの正体はお分かりになりましたか？」

「……化け猫？」

「そうです、化け猫です。ただし月の魔力がなければ、わたくしはこの姿になれません。なので少しの間ノノちゃんの体を借りて、お二人を見守るついでに力を溜めておりました」

するると次は尻尾が生えてくる。まるで映画でも見ているようだ。

玲子と山崎は驚くあまり呆然《ぼうぜん》としていたが、玲子はあることに気づいた。彼女の耳をよく見てみると、どうしてか見覚えがある。右耳が一部、欠損しているのだ。

「……ネネ？」

頭で考えるよりも早く、その言葉が口を突いた。それは、玲子が昔に保護した猫の名前だ。すると、女将は嬉《うれ》しそうに微笑んだ。

「はい、玲子さん」

玲子はにわかに信じられなくて、呆然としている山崎の肩を叩《たた》く。

「山崎さん、覚えてますか。わたしが猫を飼っていた話をしましたよね。その猫が、ネネという名前だったんですよっ」

すると山崎は、さらに眉間の皺《しわ》を深めた。

「ちょっと待て。昔に、俺の家が引き取って飼った猫も、名前はネネだったぞ。だから、その次の猫として〝ノノ〟って名前を付けた」

「え？」

ネネだという女将は、戸惑う玲子と山崎に説明するために口を開いた。

「ネタバレを致しましょう。もう、何十年も前の話になります。烏《からす》に襲われて今にも死にそうだったわたくしを助けてくれたのは、玲子さんたちご一家。そして玲子さんご一家からわたくしを引き取り、育ててくれたのが一馬さん、あなたのご一家です。わたくしにとって、お二人は命の恩人なんですよ」

山崎は混乱する頭の中を整理しているのか、こめかみを押さえていた。

「つまり、立花の弟が猫アレルギーで立花家は猫を飼えなくなった。その猫の里親が、俺の家だったってことか」

「そんな偶然、ありますか」

「あったんだろ。猫の名前も同じだしな」

女将ことネネをまじまじと見つめる二人に、彼女は面白そうに笑った。

「驚きましたでしょう。といっても、わたくしだって驚きましたけど。なにせ、お二人揃《そろ》ってわたくしが眠るお墓にやってこられたのですから」

お墓──。今年の新年会を思い出し、玲子は「あっ」と声を上げた。

「称念寺《しようねんじ》！」

「そうです」

「……まさか、猫の恩返しとか言わないよな」

「え、そうでございますよ」

悪びれず大きく頷いたネネに、玲子たちは殺意の篭もった目を向けた。

「どこが恩返しなんですか！　こっちはもう、大変以外の何ものでもなかったんですけど！」

「そうだ！　大体、もらった酒を飲もうとしなかったらどうするつもりだったんだ！」

二人の勢いに押され、ネネは目を丸くした後に苦笑する。

「少しは申し訳なく思っておりますよ。もし、お酒の存在に気づかなければ、こちらからネタ明かしをしようと思っておりましたし。……でもそもそもは、あなたがたがなにやら悶々《もんもん》としていらっしゃいましたので、一石投じただけです。何かのきっかけになれば良いと思って」

ネネは左手を自身の頬に添え、悩まし気なため息を吐き出した。

「玲子さんはあのままだと、とりあえず結婚っていう考えで、今後もろくでもない男に泣かされる未来しか待ってないですし。一馬さんは過去の恋を引きずって、ろくな恋もせず、拗《こじ》らせたまま幸せになれそうにないですし」

穏やかな口調であるが、彼女の言葉が矢となって玲子と山崎にぐさりと突き刺さる。

「そしてお二人とも、お仕事を楽しんでいらっしゃらないから。あれほど、お二人とも本が好きでしたのに」

ネネは目を細めた。まるで子供を見守るような慈愛に満ちた眼差《まなざ》しだ。彼女は、酒瓶の蓋を開けてお猪口《ちょこ》に中身を注ぐ。

「わたくしは死んでからも、お二人を見守ってきましたから全てお見通しですよ。お二人とも、せっかく好きで始めた仕事なのに勿体《もったい》ないじゃないですか。わたくしは、初めの気持ちを思い出してほしかっただけですよ。だって一度限りの人生なんですから。仕事も恋も、楽しんでなんぼじゃないですか。嫌なことがあっても、それを上塗りするくらい、楽しまないと損ってもんですよ」

茶目っ気たっぷりにウィンクをして、ネネは玲子たちの前にお猪口を置く。

「これを飲めば元に戻ります。そして、わたくしがこの姿でお会いできるのは、これが最後です」

「本当に、元に戻るのか」

「もちろんです」

「また時間が経《た》ったら入れ替わる、なんてことはないですよね」

「はい」

玲子と山崎は、互いの顔を見て頷いた。

「ねえ、ネネ。色々と、そりゃ言いたいことはたくさんあるんだけど」

「はい」

「ありがとう、わたしを覚えていてくれて。大人になってからも、見守ってくれていてありがとう」

玲子の言葉に、ネネは嬉しそうに微笑《ほほえ》んだ。

「俺は礼を言わないからな。でも……色々と考えを改めるきっかけになった。少し、助かった」

「うわー、素直じゃない。山崎さんらしい」

「うるさい」

「いたっ。叩かないでくださいよっ」

「ふふ。やっぱり仲が良《い》いじゃないですか」

「「良くない」」

いつかのように被《かぶ》った台詞《せりふ》に、三人揃って噴き出した。

「これからもたくさん迷うことがあるでしょうが、そこで止まらず、怖がらずに前へ。自分の道、幸せは、自分で作っていくしかないのですから。大丈夫ですよ、お二人なら」

優しく背中を押すようなネネの言葉に、玲子と山崎の口元に柔らかな笑みが浮かぶ。二人はお猪口を掲げると、揃って酒を口にした。

澄んだ鈴の音が聞こえたような気がして、玲子は目を開けた。

目を開けると、玲子の腹の上でノノが眠っていた。ふさふさとした白い毛並みが、呼吸と共に上下している。カーテンの隙間からは朝日が差し込んでいて、玲子はノノをそっと退けると、布団の中から起き上がった。

目を擦りながら、キッチンで水を飲もうとベッドから立ち上がろうとした時、玲子は違和感に首を傾げた。

天井の高さまである整理整頓された本棚に、スタイリッシュな机に置かれたデスクトップパソコンが目の前にある。

（……この部屋、山崎さんの寝室では）

確か、昨日はあの居酒屋で入れ替わりの酒を飲んで——。あれ、それから後の記憶がない。

そこで、玲子の寝ぼけていた思考は一瞬で鮮明になった。

ふと足元に視線を落とせば、色白い素足が見える。そこから徐々に視線をあげれば、胸のふくらみがあり、自分の癖っ毛がふわりと波打っている。

玲子は居てもたってもいられず、元は自分が寝ていた部屋を訪れた。

「山崎さん！」

勢いよく扉を開け放つと、山崎はベッドに腰かけ呆然としていた。

「おい、立花……。立花、だよな」

「はい。そうです、よね」

「じゃあ、俺は――」

「山崎さんです」

二人はまじまじと互いの姿を見つめると、どちらからともなく歩み寄った。

そして――。

二人は寝起き姿のまま、両手でハイタッチをした。小気味いい音が部屋に響く。

「戻りましたね、本当に！」

「ああ」

そんな二人の足元に、ノノが尻尾を振りながらやってきて、みゃあと鳴いた。

良かったね、と笑っているようだ。……いや。それとも飯をくれ、と訴えているのかもしれないが。

とその時、玲子は壁にかけられたカレンダーを見て「あっ！」と声を上げた。

「なんだよ突然、トイレか。もう問題ないだろ」

「違いますよ！　今日は、真琴《まこと》さんが出発する日じゃないですか！」

ノノの体を撫《な》でていた山崎の手が止まった。

「もう間に合わないだろ。あいつが現地に到着してから、ちゃんと電話で連絡するさ。……大体、おまえには関係ないことだろ」

「それはその……。実は真琴さんとのこと、羽黒さんから少しだけ聞いてしまって。すみません」

白状すると、山崎は額に手を当てて深いため息をついた。

「ったく、あいつは」

「あの、でもっ。羽黒さんから聞いたのは、真琴さんが山崎さんの初カノだったってことだけです。ええとだからその、ちゃんと、会って話した方がいいと思うんです」

「今から？　あのな、無理に決まってんだろ」

「フライト時刻、確か十時半って言ってませんでした？」

「確かにそうだが」

玲子は掛け時計を見上げながら計算する。

今の時刻は七時三十分。タクシーを呼んで、その間に山崎に準備をさせれば、八時には出発できる。高円寺《こうえんじ》から羽田《はねだ》まで約一時間弱——ギリギリ行ける！

玲子は憤然と「間に合います！」と声を張り上げた。

「わたしはタクシーを呼んでおきますから、山崎さんは歯を磨いて顔を洗ってさっさと準備してください！　そして真琴さんに連絡して！」

「はぁ!?　ちょっと待て。なに勝手に決めてんだ。それに心の準備ってものが――」

「心の準備なんて移動時間にすればいいんです！　もたもたせんと、はよ！」

するとノノも急《せ》かすように唸《うな》りだす。玲子は困惑したままの山崎を洗面所へ押し込むと、急いでタクシー会社に連絡をした。

そして――。

「またあなたですか」

親指を立てて笑顔で運転席に座っているのは、いつぞやのタクシー運転手だった。

「羽田の第三ターミナルまで飛ばせばいいんですよね。いやあ、あなたは飛ばすことがお好きですね」

山崎は項垂《うなだ》れた。なぜ、こいつが――と思うが、もうどうでもいい。

立花によってタクシーに押し込められ、山崎は彼女と共に後部座席に座る。髪はセットする時間もなく、寝起きのままである。

こんな恰好《かっこう》で真琴に会うのか――。もう少し、余裕をもって再会したかった。手にした紙袋を握りしめながら、発車した車内で山崎は嘆息した。

「彼女さんですか」

運転手は、すっぴんの立花に声をかけた。すると、彼女はにっこりと微笑んだ。

「妻です」

「嘘《うそ》です、疫病神です」

「はぁ⁉」

ノリで嘘をつく立花に、山崎はすぐさま冷たい視線を向けてやった。

「なんですか、疫病神って失礼な！　冗談言っただけじゃないですか！」

「ああもう朝からうるさい」

「ふん、人が気を遣っているのに。……まあ、でも大丈夫そうですね」

立花は山崎の顔を覗《のぞ》き込んで、ニッと笑った。

「あ？」

「山崎さん、なんか右手と右足が同時に出そうなくらいに緊張してたんで」

「……十年以上会ってないんだ。正直、何を話していいのか分からない」

「でも、手放せなかったんでしょ？　それ、真琴さんからの本じゃないですか？」

立花は、山崎が手にしているものを指さす。それは、寺山修司の詩集『秋たちぬ』。

別れの日、真琴に返そうと思っていたのに返しそびれた本だ。

「今でも手元に置いてるってことは、真琴さんのことが、とても大事だったんだなって分かりますもん。山崎さんのそういうところ、好きですよ。その他は暴君で嫌いですけど」

「……安心しろ、暴君になるのはおまえという人間にだけだ」

「可愛《かわい》くない！　なんか腹の立つ言い方！」

すると、なぜか運転手がにやにやとしながら、二人をバックミラー越しにちらりと見ていた。

「いやぁ。お二人は仲がよろしいですね」

「「だから、良くない！」」

またもや台詞が被り、山崎たち二人は揃《そろ》って口をひん曲げた。一方運転手は、肩を震わせながら笑っている。

「ちょっと運転手さん、笑わないでくださいよ」

「すみませんすみません」

「もうっ。これで間に合わなかったら、全部運転手さんのせいですからね」

「えぇ!?」

唇を尖《とが》らせながら難癖をつける立花の頭を軽く叩《たた》く。

「いたっ」

「無理難題を押し付けるな」

「はい」

そして、三人で他愛もない会話をしながら到着した第三ターミナル。時刻は九時十分。

「山崎さんは先に行ってください！　タクシー代はわたしが払っておきますから、早く！」

到着するや否や、山崎はタクシーから押し出された。山崎はスマートフォンを手に、真琴に電話をかける。

「――あ、一馬？」

電話越しの声は、少しの緊張を孕《はら》んでいた。

「ああ。どこにいる？」

「えっと、出発ロビーのベンチに座ってる。場所は――」

山崎は走った。人混みをかき分けて、目的の場所へと向かう。

真琴はすぐに見つけられた。ロングヘアだった髪をばっさりと切り落とし、ショートカットになっていた。でも、昔と変わらない眦《まなじり》が下がった優しい目元と、口元にある黒子《ほくろ》ですぐに分かった。息を切らして目の前に現れた山崎を、真琴は驚いた表情で見上げた。

「……驚いた。ほんまに、来てくれるなんて」

「おせっかいな人間のおかげで。……ごめん、連絡くれてたのにもたもたしてもて」

「ううん。うちが、どうしても一馬に会っておきたかってん。あの時のこと、どうしても謝りたくて」

「え？」

山崎は目を瞬《しばたた》かせた。

「……うちさ、あの時、別れた時。自分のことしか考えられんくて、一馬を傷つけてしもた。そのことを謝らんと、前に進まれへんって、結婚が決まってからずっと考えてたんよ」

「そんなことない。環境の変わった真琴のこと、なんで気づかれへんかったんやろうって、俺も後悔してた。ごめん、無神経な男で」

「ううん。しょうもない意地張ってたうちが悪いねん。ほんまに、アホやった。素直に弱音吐けば、一馬は話を聞いてくれたのに。ほんまにアホ。一人で勝手に空回りして、結局泣くなんて。——ごめん」

真琴は前髪を耳にかける。左手の薬指にはまった指輪を見て、山崎は真琴に尋ねた。

「相手の人には、ちゃんと弱音、言えてんの」

「うん。もう、同じことはしたくないから。それにな、今の人と出会えたんは一馬との夢のおかげやねんで」

「え？」

真琴の言葉を理解できずに、山崎は首を傾《かし》げた。

「やっぱり出版に関する仕事がしたくてさ、働きながら夜間大学に通ってたんよ。それに、おばあちゃんとおじいちゃんも色々と助けてくれて、留学させてくれて。——で、なんと。留学先で、今の人と出会ってん。それから彼の手助けもあって、翻訳家としての一歩を踏み出したところ」

「……すごいな」

「せやろ。一馬は？　出版社で働いてるって噂《うわさ》で聞いたけど、どんな仕事してんの？」

「俺は——」

すると、山崎は視界の端で立花の存在に気づいた。彼女は案内板の陰で、こっそりと二人を見守っていた。視線がかち合った立花は、山崎に「頑張れ」と言わんばかりに、タクシー運転手と同じように親指を立てる。彼女らしい、朗らかな笑顔と共に。

うるさい、と視線で追い払いながらも、山崎の口元には楽し気な笑みが浮かんでいた。

「女性向けの、ライト文芸で編集者をやってるよ。富田文庫っていうんだ」

「あ、知ってる。アニメ化とか、ドラマ化してる作品があるよね」

「うん、そう」

「そっかぁ。一馬が恋愛物かぁ。……一馬、ぶっきら棒だけど優しいから、楽しい作品を送り出せそうやね。つっこみのセンスも中々おもろいし」

そう言って真琴は笑うと、ちらりと腕時計を見た。

「あ、そろそろ時間か。……真琴、これ」

「ん？　──あ、『秋たちぬ』。持ってきてくれたんや」

「ああ」

「わたし、確か〝あのとき〟が好きでこの本を古本屋で買ったんよ。一馬たちとの京都での日々を、思い出させてくれたから。……ありがと。機内で読みなおしてみる」

「うん」

真琴は本を鞄《かばん》の中にしまい込むと、山崎に向かって頭を下げた。

「来てくれて、ほんまにありがとう。また住所もメールで送るわ。イギリスに来ることあったら、ぜひ寄って」

「ああ」

「一馬のいう、おせっかいな人も一緒に連れてきて。色々と話聞きたいわ」

真琴は案内板の陰から見守っている立花を見つけると、ウィンクを投げた。山崎は慌てて否定する。

「いや、あいつはそういうのではない。断じてない。あいつだけは絶対にない」

「でも一馬。人見知りの一馬がそうやって悪態つける相手なんて、そうそうおらへんやろ」

「ちょっと待て、極論すぎ──」

「あ、もう時間やわ」

「人の話を聞けよ」

「ふふ。また今度、ちゃんと聞くって。じゃあ一馬——行ってきます」

真琴は山崎に向かって手を差し伸べた。山崎はその手をしっかりと握る。

「ああ、行ってらっしゃい」

真琴は大きく頷《うなず》くと、山崎の元から歩み去っていく。彼女の後ろ姿はすらりと姿勢がよく、いきいきと輝いている。山崎は、スッと大きく息を吸った。そして腹の底から声を出す。

「真琴、おめでとう!」

大きな声に真琴は驚いたように振り向き、そして照れくさそうに笑って、何度も手を振った。

「良かったですね、ちゃんと会えて」

二人を見守っていた玲子は、にやにやしながら山崎の元へ駆け寄った。

「誰かさんのおかげでな」

「その誰かさんは、誰でしょうね」

「さあな」

そう言いながら、山崎は玲子の肩に肘をついた。

「ですから、わたしの肩は肘置きではございませんが」

「いいか、一度しか言わないぞ」

「はい?」

山崎は、玲子の顔を覗き込んだ。照れくさそうな表情と共に。

「色々と、ありがとな」

玲子の髪をくしゃりと乱して、山崎は身を離した。

玲子の頬に赤みが差す。なんだこれは。自分の心臓が早鐘を打つ。

（……え。え、ええ!? いやいや、いやいやいやいやいや。あり得ないから！）

玲子はブンブンと音がしそうなくらいに頭《かぶり》を振って、ふと感じた何かを振り払う。

「おい、何してんだグズ子」

「なんでもありません。っていうか、グズ子ってやめてくれませんか」

「じゃあおせっかい女」

「誰のおかげで、初恋に終止符打てたと思ってんですか。この拗《こじ》らせ男」

「あ? なんだと、ダメ男にしか引っかからない見る目なし女」

「あーっ。それ以上言わなくていいですから！　人の傷抉《えぐ》るのやめてください！　この性悪！」

「ああ、そうか。寿司《すし》でも奢《おご》ってやろうと思ったけど、なしだな」

「え、寿司!? 嘘《うそ》です、嘘。前言を取り消します！　鮪《まぐろ》と雲丹《うに》が食べたいです！」

「変わり身早い奴」

振り返った山崎が、晴れ晴れとした顔で笑う。

また、玲子の鼓動が小さく跳ねた音がした。

富士見L文庫

あなたの代《か》わりはできません。
ズボラ女《おんな》と潔癖男《けっぺきおとこ》の編集《へんしゅう》ノート

深海《ふかうみ》 亮《とおる》

2023年8月15日　初版発行

発行者　山下直久
発　行　株式会社 KADOKAWA
〒102-8177　東京都千代田区富士見2-13-3
電話　0570-002-301（ナビダイヤル）

印刷所　株式会社暁印刷
製本所　本間製本株式会社
装丁者　西村弘美

定価はカバーに表示してあります。

●お問い合わせ
https://www.kadokawa.co.jp/（「お問い合わせ」へお進みください）
※内容によっては、お答えできない場合があります。
※サポートは日本国内のみとさせていただきます。
※Japanese text only

ISBN 978-4-04-075038-5 C0193